COLLECTION FOLIO

Hans Christian Andersen

L'elfe de la rose

et autres contes du jardin

Traduit du danois et annoté
par Régis Boyer

Gallimard

Ces contes sont extraits des *Œuvres*, I
(Bibliothèque de la Pléiade).

Hans Christian Andersen naît en 1805 dans une famille très pauvre d'Odense. Son père est cordonnier et sa mère blanchisseuse. Le jeune garçon décide d'aller tenter sa chance à Copenhague après la mort de son père en 1816. Ambitieux, il est bien décidé à fuir la misère de son enfance et à réussir. Il tente sa chance comme chanteur, danseur, puis acteur, mais devant son peu de succès se tourne vers l'écriture. Un riche bourgeois, Jonas Collin, membre du conseil du Théâtre Royal, le remarque et l'aide à poursuivre des études qu'il achèvera en 1829. Il voyage ensuite en Europe et se lie avec Heinrich Heine, Victor Hugo, Chamisso... Il écrit quelques pièces, commence un roman et publie deux recueils de contes en 1835. Ces contes, parmi lesquels *La princesse au petit pois, La petite sirène, Le briquet,* rencontrent un large succès auprès du public, à la grande surprise d'Andersen qui n'y attachait guère d'importance. Il publie en 1837 un troisième volume de contes en supprimant cette fois la mention « racontés aux enfants ». L'année suivante, une pension royale de quatre cents rixdales le met définitivement à l'abri du besoin. Il fait jouer, avec un succès médiocre, ses œuvres dramatiques et entreprend un long voyage qui le mène en Allemagne, en Autriche et en Italie où il séjourne en essayant d'oublier la passion que lui inspire Jenny Lind, une cantatrice suédoise, qui ne le paie pas en retour. En Angleterre, il se lie avec Charles Dickens pour lequel il éprouve depuis toujours une vive admiration. Les recueils de contes se succèdent, éclipsant le reste de ses écrits romanesques, dramatiques et poétiques. Traduits dans le monde entier, ses contes lui valent célébrité et honneurs. Il voyage sans cesse, mais sa santé décline. Atteint d'un cancer du foie, il meurt le 4 août 1875 à Copenhague au Danemark.

Mêlant avec talent légendes nordiques et histoires de son invention, Andersen laisse cent soixante-huit contes qui enchantent toujours petits et grands et font de lui l'un des plus célèbres écrivains danois.

Découvrez, lisez ou relisez les livres d'Hans Christian Andersen :

CONTES (Folio n° 2599)

CONTES CHOISIS (Folio n° 3509)

LA VIERGE DES GLACES (Folio 2 € n° 5120)

Les fleurs de la petite Ida

« Mes pauvres fleurs, elles sont toutes mortes ! dit la petite Ida. Elles étaient si belles hier soir, et maintenant, tous leurs pétales pendent, flétris ! Pourquoi ? » demanda-t-elle à l'étudiant assis sur le sofa : car elle l'aimait tant, il savait les plus charmantes histoires et il découpait des images si amusantes : des cœurs, avec de petites dames dedans, qui dansaient, des fleurs et de grands châteaux dont elle pouvait ouvrir les portes. C'était un joyeux étudiant ! « Pourquoi les fleurs ont-elles si mauvaise allure aujourd'hui ? » demanda-t-elle encore en lui montrant tout un bouquet complètement fané.

« Eh bien, sais-tu ce qu'elles ont ? dit l'étudiant. Ces fleurs ont été au bal cette nuit. Voilà pourquoi elles laissent pendre la tête !

— Mais voyons, les fleurs ne savent pas danser ! dit la petite Ida.

— Si, dit l'étudiant. Quand il fait noir et que nous autres dormons, elles courent joyeusement partout ; elles donnent un bal presque toutes les nuits !

— Et il n'y a aucun enfant qui peut aller aussi à ce bal ?

— Si, dit l'étudiant, les toutes petites pâquerettes et le muguet !

— Où est-ce que dansent les plus belles fleurs ? demanda la petite Ida.

— N'es-tu pas souvent allée devant la porte du grand château où le roi habite en été, où il y a le beau parc tout plein de fleurs ? Tu as bien vu les cygnes qui viennent en nageant vers toi quand tu veux leur donner des miettes de pain. Là-bas, il y a un vrai bal, vois-tu !

— J'étais là-bas dans ce parc, hier, avec ma mère ! dit Ida, mais les arbres avaient perdu toutes leurs feuilles et il n'y avait plus de fleurs du tout ! Où sont-elles ? Cet été, j'en ai vu tellement !

— Elles sont dans le château ! dit l'étudiant. Tu sauras que, dès que le roi et tous les gens de la cour reviennent ici à la ville, les fleurs accourent tout de suite du parc et montent au château, toutes joyeuses. Tu devrais voir ça ! Les deux plus belles roses s'assoient sur le trône, elles sont roi et reine. Toutes les amarantes rouges se disposent, bien droites, sur le côté et font la courbette, ce sont les gentilshommes de la Chambre… Puis viennent toutes les plus ravissantes fleurs, et alors, il y a grand bal, les violettes bleues représentent les petits cadets de marine, ils dansent avec les jacinthes et les crocus qu'ils appellent mademoiselle ! Les tulipes et les grands lis jaunes, ce sont de vieilles dames qui veillent que l'on danse comme il faut et que tout se passe bien !

— Mais, demanda la petite Ida, n'y a-t-il personne pour gronder les fleurs parce qu'elles dansent au château du roi ?

— Il n'y a personne pour le savoir vraiment, dit l'étudiant. Certes, parfois, la nuit, arrive le vieux gardien du château qui doit surveiller : il a un grand trousseau de clés, mais dès que les fleurs entendent cliqueter les clés, elles se tiennent complètement immobiles, elles se cachent derrière les longs rideaux en avançant la tête. "Je sens qu'il y a des fleurs ici", dit le vieux gardien du château, mais il n'arrive pas à les voir.

— C'est amusant ! » dit la petite Ida en battant des mains. « Mais moi, est-ce que je ne pourrais pas non plus voir les fleurs ?

— Si, dit l'étudiant, rappelle-toi seulement, quand tu y retourneras, de jeter un coup d'œil par la fenêtre : tu les verras sûrement. C'est ce que j'ai fait aujourd'hui : il y avait un grand narcisse jaune étendu sur le sofa, c'était une dame d'honneur !

— Et les fleurs du jardin botanique, est-ce qu'elles peuvent y aller aussi ? Est-ce qu'elles peuvent faire ce long chemin ?

— Oui, tu penses bien ! dit l'étudiant, parce que, quand elles le veulent, elles savent voler.

N'as-tu donc pas vu les beaux papillons, les rouges, les jaunes, les blancs, ils ont presque l'air de fleurs, c'est d'ailleurs ce qu'ils ont été, ils ont éclos de la tige, en l'air, tout en haut, ils ont battu des pétales, comme si c'étaient de petites ailes, et puis ils ont volé. Et comme ils se conduisaient bien, on leur a permis de voler pendant le jour aussi, ils n'ont pas eu à revenir se poser, immobiles, sur la tige, et finalement, les pétales sont devenus de vraies ailes. Tu as bien vu ça toi-même ! Il peut bien se faire, d'ailleurs, que les fleurs du jardin botanique ne soient jamais allées au château du roi ou n'aient jamais su que les nuits y sont si joyeuses. Aussi, je vais te dire une chose ! et il sera bien étonné, le professeur de botanique qui habite à côté. Tu le connais, n'est-ce pas ? Quand tu entreras dans son jardin, tu diras à l'une des fleurs qu'il y a un grand bal au château, elle le répétera à toutes les autres et elles s'envoleront. Si, alors, le professeur s'en va dans son jardin, il n'y aura plus une seule fleur et il ne comprendra absolument pas où elles sont parties.

— Mais comment la fleur pourra-t-elle le dire aux autres ? Les fleurs ne savent pas parler !

— Non, c'est vrai, elles ne savent pas ! répondit l'étudiant. Mais elles miment ! Tu n'as donc pas vu que, quand le vent souffle un peu, les fleurs font des signes de tête et agitent toutes leurs feuilles vertes : c'est aussi clair que si elles parlaient !

— Est-ce que le professeur comprend les mimes ? demanda Ida.

— Oui, tu penses bien ! Il est descendu un matin dans son jardin et il a vu une grande ortie en train de jouer la pantomime avec ses feuilles, pour un joli œillet rouge. Elle disait : "Tu es si joli et je t'aime tant !" Seulement, des choses de ce genre, le professeur ne peut les souffrir et, aussitôt, il a donné une tape sur les feuilles de l'ortie, car ce sont ses doigts, mais, alors, ça l'a brûlé, et depuis ce temps-là, il n'ose jamais toucher à une ortie !

— C'est amusant ! » dit la petite Ida en riant.

« Comment peut-on faire croire de pareilles choses à cette enfant ! » dit l'assommant directeur de cabinet qui était venu en visite et était assis sur le sofa. Il ne pouvait souffrir l'étudiant et ronchonnait tout le temps quand il le voyait découper ses amusantes images drôles : tantôt un pendu attaché à la potence, qui tenait un cœur dans la main parce que c'était un voleur qui ravissait tous les cœurs, tantôt une vieille sorcière à cheval sur un balai, qui tenait son mari par le nez. Le directeur de cabinet ne pouvait supporter cela et il disait toujours, comme maintenant : « Est-ce une chose à faire croire à cette enfant ! Ce sont des imaginations stupides ! »

Mais la petite Ida trouvait tout de même bien amusant ce que l'étudiant racontait de ses fleurs, et elle y réfléchit beaucoup. Ses fleurs laissaient pendre la tête parce qu'elles étaient fatiguées d'avoir dansé toute la nuit, elles étaient certainement malades. Puis elle les emporta et alla les mettre avec tous ses autres jouets qui étaient sur une jolie petite table, et le tiroir était tout plein de choses magnifiques. Dans le lit de poupée était couchée sa poupée, Sophie, qui dormait, mais la petite Ida lui dit : « Vraiment, il faut te lever, Sophie, tu te contenteras de coucher dans le tiroir cette nuit, les pauvres fleurs sont malades, il faut qu'elles couchent dans ton lit, peut-être que, comme ça, elles guériront ! » Et elle enleva la poupée, mais celle-ci prit un air revêche et ne dit pas un seul mot : elle était fâchée de ne pas pouvoir conserver son lit.

Puis Ida posa les fleurs dans le lit de poupée, tira la petite couverture sur elles jusqu'en haut et dit que, maintenant, il fallait qu'elles se tiennent tranquilles, elle allait leur faire du thé pour qu'elles guérissent et puissent se lever demain. Et elle tira les rideaux tout contre le petit lit pour que le soleil ne les éblouisse pas.

Toute la soirée, elle ne put s'empêcher de penser à ce que l'étudiant lui avait raconté, et lorsqu'elle-même dut se mettre au lit, il fallut d'abord qu'elle aille derrière les rideaux des fenêtres, là où se trouvaient les belles fleurs de sa mère, jacinthes et tulipes, et elle leur murmura tout bas : « Je sais bien que vous allez au bal cette nuit ! » Mais les fleurs firent semblant de ne pas comprendre et ne remuèrent pas un pétale. Pourtant, la petite Ida savait bien ce qu'elle savait.

Une fois au lit, elle resta longtemps à réfléchir : comme ce serait charmant de voir les jolies fleurs danser là-bas au château du roi. « Et si vraiment mes fleurs y étaient ? » Mais elle s'endormit. Pendant la nuit, elle se réveilla, elle avait rêvé des fleurs et de l'étudiant que le chef de cabinet rabrouait en disant qu'il voulait bourrer le crâne à cette enfant. Tout était silencieux dans la chambre où couchait Ida. La veilleuse brûlait sur la table, son père et sa mère dormaient.

« Je me demande si mes fleurs sont dans le lit de Sophie ! se dit-elle. Comme je voudrais bien le savoir ! » Elle se redressa un peu et regarda vers la porte entrebâillée : c'est là qu'étaient ses fleurs et tous ses jouets. Elle écouta, et elle eut l'impression d'entendre jouer du piano dans le salon, mais tout doucement, et joliment, comme elle n'avait jamais entendu encore.

« Sûrement que toutes les fleurs dansent maintenant, dit-elle, ô Dieu, comme je voudrais bien voir ça ! » Mais elle n'osait pas se lever de peur de réveiller son père et sa mère. « Si seulement elles venaient ici ! » dit-elle. Mais les fleurs ne venaient pas et la musique jouait toujours si joliment. Alors, elle ne put y tenir, c'était trop charmant, elle se glissa hors de son lit et alla tout doucement à la porte, jeter un coup d'œil dans le salon. Oh ! comme c'était amusant, ce qu'elle aperçut !

Il n'y avait pas de veilleuse au salon, mais il faisait tout de même très clair, la lune brillait par la fenêtre jusqu'au milieu de la pièce ! Pour un peu, on aurait cru qu'il faisait jour. Toutes les jacinthes et toutes les tulipes formaient deux longues rangées sur le plancher, il n'y en avait plus à la fenêtre, où les pots étaient vides. Par terre, toutes les fleurs dansaient joliment, tournant les unes autour des autres, faisant la chaîne et se tenant par leurs longues feuilles vertes lorsqu'elles tournaient en rond. Mais à côté du piano, il y avait un grand lis jaune que, décidément, la petite Ida avait vu cet été car elle se rappelait bien que l'étudiant avait dit : « Mon Dieu, comme il ressemble à Mlle Line ! », mais, alors, tout le monde s'était moqué de lui. Or maintenant, Ida trouva réellement aussi que la longue fleur jaune ressemblait à la demoiselle, elle avait le même comportement en jouant, d'ailleurs, elle penchait son long visage jaune tantôt d'un côté, tantôt de l'autre et, de la tête, marquait la mesure de cette charmante musique ! Absolument personne ne remarqua la petite Ida. Et voilà qu'elle vit un grand crocus bleu bondir sur la table où se trouvaient les jouets, aller tout droit au lit de poupée et écarter les rideaux : les fleurs malades étaient couchées là, elles se levèrent aussitôt et firent un signe de tête aux autres pour dire qu'elles aussi voulaient danser. Le vieux casse-noix, qui avait perdu la lèvre inférieure, se leva et s'inclina devant les belles fleurs, elles n'avaient pas du tout l'air malades, elles bondirent parmi les autres, toutes contentes.

On eut l'impression que quelque chose tombait de la table. Ida regarda, c'était la verge de Carême qui bondissait, elle trouvait qu'elle aussi faisait partie des fleurs. Elle aussi était très gentille. Dans le haut, elle avait une petite poupée de cire qui portait un large chapeau, précisément comme celui du chef de cabinet. La verge de Carême sautilla sur ses trois jambes de bois rouges au milieu des fleurs et tapa fortement du pied car elle dansait la mazurka, et cette danse-là, les autres fleurs ne la connaissaient pas parce qu'elles étaient légères et ne pouvaient pas taper du pied.

La poupée de cire de la verge de Carême devint tout soudain grande et longue, elle tournoya au-dessus des fleurs de papier et cria très fort : « A-t-on idée de faire croire de pareilles choses à cette enfant ! Ce sont des imaginations stupides ! », et alors, la poupée de cire ressembla très exactement au chef de cabinet avec son large chapeau, elle eut l'air tout aussi jaune et renfrogné, mais les fleurs de papier lui donnèrent des tapes sur ses maigres jambes et elle se recroquevilla pour redevenir une toute petite poupée de cire. C'était un spectacle si amusant ! La petite Ida ne put s'empêcher de rire. La verge de Carême continua de danser et il fallut que le chef de cabinet l'accompagne ; qu'il se fît grand et long ou qu'il devînt la petite poupée de cire jaune au grand chapeau noir, rien n'y fit. Alors, les autres fleurs intercédèrent pour lui, en particulier celles qui avaient couché dans le lit de poupée, et la verge de Carême arrêta. Au même instant, on frappa fortement à l'intérieur du tiroir où la poupée d'Ida, Sophie, se trouvait avec tant d'autres jouets. Le casse-noix courut au bord de la table, s'étendit de tout son long sur le ventre et parvint à tirer un tout petit peu le tiroir. Sophie se leva et regarda tout étonnée alentour. « Mais il y a un bal ici, dit-elle, pourquoi personne ne me l'a-t-il dit ?

— Veux-tu danser avec moi ? dit le casse-noix.

— Tiens oui ! le joli danseur que tu fais ! » dit-elle en lui tournant le dos. Puis elle s'assit sur le tiroir, pensant qu'une des fleurs viendrait sûrement l'inviter, mais personne ne venait. Alors, elle toussa. « Hum, hum, hum, hum ! » et tout de même, pas une ne venait. Du coup, le casse-noix dansa tout seul, et pas si mal, d'ailleurs !

Comme donc aucune des fleurs ne semblait voir Sophie, elle se laissa tomber du tiroir tout droit sur le plancher, en sorte qu'il y eut un grand bruit. Toutes les fleurs accoururent autour d'elle et demandèrent si elle ne s'était pas blessée, toutes, elles étaient charmantes pour elle, surtout les fleurs qui avaient couché dans son lit : mais elle ne s'était pas blessée, et toutes les fleurs d'Ida remercièrent du lit excellent, l'entourèrent d'affection, l'emmenèrent au milieu de la pièce où la lune brillait, dansèrent avec elle, et toutes les autres fleurs firent cercle autour. Maintenant, Sophie était contente ! Et elle dit qu'elles pouvaient garder son lit, cela ne lui faisait absolument rien de coucher dans le tiroir.

Mais les fleurs dirent : « Bien des fois merci, mais nous ne pourrons vivre davantage ! demain, nous serons complètement mortes. Seulement, dis à la petite Ida qu'elle doit nous enterrer dans le jardin où repose le canari, alors, nous repousserons pour l'été et serons beaucoup plus belles !

— Non ! il ne faut pas mourir ! » dit Sophie, et elle embrassa les fleurs : au même instant, la porte de la salle s'ouvrit et une foule de fleurs magnifiques entra en dansant, Ida ne parvenait pas à comprendre d'où elles étaient venues, c'étaient certainement toutes les fleurs du château du roi. Marchaient en tête deux roses charmantes, elles portaient de petites couronnes d'or, c'étaient un roi et une reine ; puis venaient des giroflées et des œillets ravissants qui saluaient de tous côtés. Une musique les accompagnait, de grands coquelicots et des pivoines soufflaient dans des cosses de pois, ils en avaient la tête toute rouge. Les campanules bleues et les petits perce-neige blancs tintaient comme s'ils portaient des clochettes. C'était une amusante musique ! Puis vinrent beaucoup d'autres fleurs, et toutes dansaient, les violettes bleues et les pâquerettes rouges, les marguerites et les muguets. Et toutes les fleurs s'embrassaient, c'était un spectacle charmant !

Finalement, les fleurs se souhaitèrent bonne nuit et la petite Ida aussi se coucha dans son lit où elle rêva de tout ce qu'elle avait vu.

Le lendemain matin, quand elle se leva, elle alla vite à la petite table, voir si les fleurs y étaient encore, elle écarta les rideaux du petit lit : oui, elles étaient toutes là, mais elles étaient toutes flétries, beaucoup plus que la veille. Sophie était dans le tiroir où elle l'avait posée, elle avait l'air tout endormie.

« Te rappelles-tu ce que tu devais me dire ? » dit la petite Ida, mais Sophie avait l'air tout bête et ne dit pas un mot.

« Tu n'es pas gentille du tout, dit Ida, elles ont pourtant toutes dansé avec toi. » Puis elle prit une petite boîte en carton sur laquelle étaient dessinés de jolis oiseaux, elle l'ouvrit et y posa les fleurs mortes. « Ce sera votre joli cercueil, dit-elle, et quand les cousins norvégiens viendront tout à l'heure, ils aideront à vous enterrer dans le jardin pour que, cet été, vous poussiez et deveniez encore plus belles ! »

Les cousins norvégiens étaient deux solides garçons, ils s'appelaient Jonas et Adolph. Leur père leur avait donné deux arbalètes neuves et ils les avaient apportées pour les montrer à Ida. Elle leur parla des pauvres fleurs qui étaient mortes et il fallut qu'ils les enterrent. Les deux garçons marchaient devant, leur arbalète sur l'épaule, et la petite Ida suivait, les fleurs mortes dans la jolie boîte. Dans le jardin, on creusa une petite tombe. Ida embrassa d'abord les fleurs, puis elle les mit en terre avec la boîte, et Adolph et Jonas décochèrent des traits de leurs arbalètes au-dessus de la tombe parce qu'ils n'avaient pas de fusils ni de canons.

La pâquerette

Maintenant, écoute… !

Au bord de la route, à la campagne, il y avait un petit pavillon, tu l'as certainement vu ! Devant, il y a un petit jardin avec des fleurs et une barrière peinte. Tout près, dans le fossé, en plein dans l'herbe verte la plus charmante, poussait une petite pâquerette. Le soleil brillait tout aussi chaud et beau pour elle que pour les grandes et superbes fleurs d'apparat du jardin, aussi grandissait-elle d'heure en heure. Un matin, elle fut complètement épanouie, ses petits pétales blancs brillant comme des rayons autour de son petit soleil jaune au centre. Elle ne pensait absolument pas que nul ne la voyait, là, dans l'herbe, et que c'était une pauvre fleur méprisée ; non, elle était toute réjouie, elle se tournait vers le chaud soleil, le contemplait et écoutait l'alouette qui chantait dans les airs.

La petite pâquerette était aussi heureuse que si c'était un grand jour de fête et pourtant, c'était un lundi ; tous les enfants étaient à l'école ; tandis qu'ils étaient sur leurs bancs à s'instruire, elle était sur sa petite tige verte, apprenant aussi du chaud soleil et de tout ce qui l'entourait comme Dieu est bon, et elle trouvait juste que la petite alouette chantât si clairement, si joliment tout ce qu'elle ressentait en silence ; et la pâquerette regardait avec une sorte de respect l'heureux oiseau qui savait chanter et voler, elle n'était nullement affligée de ne pas savoir le faire elle-même. « Mais je vois, j'entends, pensait-elle, le soleil brille sur moi et le vent m'embrasse ! oh ! comme je suis gâtée tout de même ! »

De l'autre côté de la barrière, il y avait tant de fleurs raides, distinguées : moins elles embaumaient, plus elles faisaient les fières. Les pivoines se rengorgeaient d'être plus grandes qu'une rose, mais ce n'est pas la taille qui compte ! Les tulipes avaient les plus belles couleurs, elles le savaient, bien sûr, et se tenaient bien droites pour qu'on le vît mieux. Elles ne prêtaient pas la moindre attention à la petite pâquerette, à l'extérieur, mais celle-ci ne les en regardait que davantage, en pensant : « Comme elles sont opulentes et charmantes ! Le magnifique oiseau va sûrement descendre leur rendre visite ! Dieu soit loué que je sois là, tout près, je pourrai voir cette splendeur ! » et à peine avait-elle pensé cela, « kvirrevit ! », l'alouette arriva volant, mais non vers les pivoines et les tulipes, non : dans l'herbe, vers la pauvre pâquerette qui, de joie, en eut tant de frayeur qu'elle ne savait simplement plus que penser.

Le petit oiseau dansa tout autour d'elle en chantant : « Oh ! comme cette herbe est douce ! et voyez, la gentille petite fleur avec de l'or dans le cœur et de l'argent sur sa robe ! » Il faut dire aussi que la tache jaune de la pâquerette ressemblait à de l'or, et que les petits pétales tout autour brillaient d'une blancheur solaire.

Heureuse comme l'était la petite pâquerette, non, cela ne se peut concevoir ! De son bec, l'oiseau lui donna un baiser, puis il chanta pour elle et reprit son vol dans l'air bleu. Il fallut un bon quart d'heure à la fleur pour qu'elle s'en remît. À demi gênée, bien qu'intérieurement enchantée, elle regarda les fleurs, dans le jardin. Bien sûr, elles avaient vu l'honneur et la félicité qui lui avaient été faits, force leur avait été de comprendre la joie que c'était pour elle. Mais les tulipes restaient aussi raides qu'avant, elles faisaient une mine pointue et étaient toutes rouges parce qu'elles étaient vexées. Les pivoines faisaient leur grosse tête, pouh ! une bonne chose qu'elles ne sachent pas parler, sinon, la pâquerette en aurait entendu ! La pauvre petite fleur voyait bien qu'elles n'étaient pas de bonne humeur et cela lui faisait tant de peine. À ce moment même, une jeune fille entra dans le jardin, tenant un grand couteau acéré et luisant, elle alla tout droit aux tulipes et les coupa l'une après l'autre. « Oh ! soupira la petite pâquerette, quelle horreur, c'en est fini d'elles ! » Puis la jeune fille emporta les tulipes. La pâquerette était bien contente de se trouver dans l'herbe et d'être une pauvre petite fleur ; elle se sentait toute reconnaissante et quand le soleil descendit, elle replia ses pétales, s'endormit et rêva toute la nuit du soleil et du petit oiseau.

Le lendemain matin, quand la fleur, tout heureuse, tendit de nouveau, comme de petits bras, ses pétales blancs vers l'air et la lumière, elle reconnut la voix de l'oiseau, mais ce qu'il chantait était tout triste. C'est que la pauvre alouette avait de bonnes raisons pour cela : on l'avait capturée, elle était maintenant dans une cage, tout près de la fenêtre ouverte. Elle chantait la liberté et le bonheur de voler, le jeune blé vert dans les champs et le délicieux voyage qu'elle pourrait faire sur ses ailes, haut en l'air. Le pauvre oiseau était tout morfondu, prisonnier qu'il était dans sa cage.

La petite pâquerette aurait bien voulu venir à son secours, mais comment faire ? Oh ! ce n'était pas facile. Elle oublia complètement comme tout, alentour, était beau, comme l'éclat du soleil était chaud et comme le blanc de ses pétales était beau. Ah ! elle n'était capable que de penser à l'oiseau prisonnier pour lequel elle ne pouvait simplement rien faire.

À ce moment sortirent alors du jardin deux petits garçons. L'un d'eux tenait à la main un couteau, grand et acéré comme celui dont s'était servi la jeune fille pour couper les tulipes. Ils allèrent tout droit à la petite pâquerette qui ne comprit pas du tout ce qu'ils voulaient.

« Voilà une superbe motte d'herbe que nous pouvons couper pour l'alouette ! » dit l'un des garçons en se mettant à découper profondément un carré tout autour de la pâquerette qui se trouva au milieu de la motte.

« Arrache cette fleur ! » dit l'autre garçon, et la pâquerette trembla violemment d'angoisse, car être arrachée, c'était perdre la vie et elle avait envie de vivre, maintenant qu'on allait la porter à l'alouette captive, dans la cage, avec la motte d'herbe.

« Non, laisse-la ! dit l'autre garçon, elle fait si bel effet ! » Et donc, elle resta et elle pénétra dans la cage de l'alouette.

Mais le pauvre oiseau se plaignait bien haut de sa liberté perdue, il battait des ailes contre les barreaux de fer de sa cage. La petite pâquerette ne savait pas parler, pas dire un mot de consolation malgré son ardent désir. La matinée passa de la sorte.

« Il n'y a pas d'eau ici, dit l'alouette captive, ils sont tous partis et ils ont oublié de me donner à boire une goutte d'eau ! J'ai la gorge sèche, elle me brûle ! Je suis toute de feu et de glace intérieurement et l'air est si lourd ! Ah ! il faut que je meure, que je quitte le chaud éclat du soleil, l'herbe fraîche et toute la splendeur que Dieu a créée ! » et elle enfouit son petit bec dans la motte fraîche pour trouver un peu d'humidité. Alors, elle aperçut la pâquerette, l'oiseau lui fit un signe, lui donna, de son bec, un baiser et dit : « Toi aussi, tu dois flétrir ici, pauvre petite fleur ! Toi et cette petite plaque d'herbe verte, on vous a données à moi pour tenir lieu du monde entier que j'avais au-dehors ! Chaque petit brin d'herbe doit me tenir lieu d'arbre vert, chacun de tes pétales, de fleur parfumée ! Ah ! vous ne faites que me rappeler tout ce que j'ai perdu !

— Qui pourrait la consoler ! » pensa la pâquerette, mais elle ne pouvait bouger un pétale. Toutefois, le parfum qu'exhalaient les délicats pétales était bien plus fort qu'il ne l'est d'ordinaire chez les pâquerettes. Et l'oiseau s'en rendit compte : il avait beau mourir de soif et, dans sa souffrance, arracher les brins d'herbe, il ne toucha pas la fleur.

Ce fut le soir, personne encore ne venait apporter au pauvre oiseau une goutte d'eau. Alors, il étendit ses belles ailes, les agita convulsivement, son chant était un pépiement mélancolique, sa petite tête se courba vers la fleur, le cœur de l'oiseau se brisa de regret et de langueur. Et la fleur ne put pas, comme la veille, replier ses pétales et dormir, elle pendit vers la terre, malade et affligée.

Ce ne fut que le lendemain matin que les garçons arrivèrent. En voyant l'oiseau mort, ils pleurèrent, ils versèrent beaucoup de larmes et lui firent une charmante tombe décorée de pétales de fleurs. Ils mirent le cadavre de l'oiseau dans une jolie boîte rouge, il fallait l'enterrer royalement, ce pauvre oiseau ! Quand il vivait et chantait, ils l'avaient oublié, ils l'avaient laissé dans sa cage, à souffrir de privations, maintenant, il avait somptueuse sépulture et larmes nombreuses.

Pour la motte d'herbe et sa pâquerette, elles furent jetées dans la poussière sur le grand chemin, personne ne pensa à celle qui, pourtant, avait souffert le plus pour le petit oiseau et qui aurait tant voulu le consoler !

Le jardin de Paradis

Il y avait un fils de roi, personne n'avait autant de livres, ni d'aussi beaux. Tout ce qui s'était passé en ce monde, il pouvait l'y apprendre et le voir représenté en magnifiques images. Il pouvait se renseigner sur chaque peuple, chaque pays. Mais savoir où se trouvait le jardin de Paradis, pas un mot là-dessus. Et c'était à cela, précisément à cela, qu'il pensait le plus.

Sa grand-mère lui avait raconté, quand il était encore tout petit mais qu'il allait commencer l'école, qu'au jardin de Paradis chaque fleur était un gâteau succulent, les étamines donnaient le vin le plus délicat. L'une donnait l'histoire, une autre, la géographie, ou les tables de multiplication, il n'y avait qu'à manger un gâteau, on savait sa leçon. Plus on en mangeait, plus on apprenait d'histoire, de géographie et de tables de multiplication.

C'est ce qu'il croyait en ce temps-là. Mais à mesure qu'il grandit, qu'il en apprenait davantage et devenait plus sage, il comprenait bien que les délices du jardin de Paradis devaient être bien différentes.

« Oh ! pourquoi Ève a-t-elle cueilli de l'arbre de la connaissance ! pourquoi Adam a-t-il mangé du fruit défendu ! Si ç'avait été moi, cela ne serait pas arrivé ! Jamais le péché ne serait entré en ce monde ! »

C'est ce qu'il disait en ce temps-là, et il le disait encore quand il eut dix-sept ans ! Le jardin de Paradis occupait toute sa pensée.

Un jour, il alla dans la forêt. Il était seul, c'était son plus grand plaisir.

Le soir tomba, les nuages s'amoncelèrent, il plut comme si le ciel n'était qu'une écluse d'où l'eau se précipitait. Il faisait aussi noir que, d'ordinaire, la nuit, dans le puits le plus profond. Tantôt le fils de roi glissait dans l'herbe mouillée, tantôt il trébuchait sur les pierres nues qui dépassaient du sol rocheux. L'eau dégouttait de partout, le pauvre prince n'avait plus un fil de sec. Il lui fallut grimper sur de gros blocs de pierre où l'eau filtrait de la mousse épaisse. Il n'en pouvait plus. Alors, il entendit un étrange bruissement et il vit devant lui une grande grotte éclairée. En son milieu brûlait un feu où l'on eût pu rôtir un cerf, et c'était bien le cas aussi : le plus magnifique des cerfs, avec ses bois élancés, était embroché et tournait lentement entre deux troncs de sapin coupés. Une femme d'un certain âge, grande et forte, que l'on eût prise pour un homme déguisé, se tenait près du feu, y jetant bûche sur bûche.

« Approche donc ! dit-elle, assois-toi près du feu pour sécher tes vêtements !

— Il y a un méchant courant d'air ici ! » dit le prince en s'asseyant par terre.

« Ce sera encore pire quand mes fils arriveront, répondit la femme. Tu es ici dans la grotte des vents, mes fils sont les quatre vents du monde, peux-tu comprendre ça ?

— Où sont tes fils ? demanda le prince.

— Hé ! à question stupide, réponse malaisée, dit la femme. Mes fils font ce qu'ils veulent, ils jouent à la balle avec les nuages, là-haut, dans la grande salle ! » et elle désigna le ciel.

« Ah bon ! dit le prince, vous parlez bien rudement, vous n'êtes pas aussi douce que les femmes que j'ai coutume de voir autour de moi.

— Hé ! c'est sans doute qu'elles n'ont rien d'autre à faire ! Moi, il faut que je sois rude si je veux tenir mes garçons en respect ! Mais j'y arrive, bien qu'ils aient la nuque raide ! Tu vois ces quatre sacs accrochés au mur. Ils en ont aussi peur que toi, autrefois, du martinet derrière le miroir. Je te dirai que je suis capable de faire plier ces garçons et alors, ils entrent dans le sac. On ne fait pas de manières, ici ! Ils y restent et n'en sortent pas pour vagabonder tant que je ne le veux pas. Tiens, en voici un. »

C'était le vent du nord qui entra, amenant un air glacial, de gros grêlons bondirent sur le sol, des flocons de neige tourbillonnaient autour. Il portait un pantalon et une veste de fourrure d'ours ; un chapeau de peau de phoque lui descendait sur les oreilles ; de longs glaçons pendaient de sa barbe et les grêlons glissaient, un par un, du col de sa veste.

« N'allez pas près du feu tout de suite ! dit le prince. Vous aurez facilement la figure et les mains gelées !

— Gelées ! » dit le vent du nord en riant très fort. « Gelées ! C'est précisément mon plus grand plaisir ! Et d'ailleurs, qui es-tu, gringalet ? Pourquoi viens-tu dans la grotte des vents ?

— C'est mon invité ! dit la vieille, et si tu n'es pas content de cette explication, tu peux aller dans le sac... ! Te voilà fixé, maintenant ! »

Voyez, cela servit, le vent du nord raconta d'où il venait et où il avait été pendant presque un mois.

« J'arrive de la mer polaire, dit-il, j'ai été à Beeren Eiland[1] avec les pêcheurs russes de morses. J'étais à la barre et je me suis endormi quand ils sont partis du Cap Nord ! Quand je me réveillais un peu, de temps en temps, le pétrel me volait dans les jambes ! C'est un drôle d'oiseau, il donne un vif coup d'ailes puis il les garde étendues, immobiles, en conservant une bonne vitesse.

— Ne fais pas tant d'histoires ! dit la mère des vents. Et donc, tu es arrivé à Beeren Eiland !

1. C'est-à-dire L'Île-aux-Ours

— C'est formidable ! C'est un vrai parquet pour danser, plat comme une assiette ! De la neige fondante avec un peu de mousse, des pierres pointues, des squelettes de morses et d'ours blancs, on aurait dit des bras et des jambes de géants, et de la verdure moisie. À croire que le soleil n'avait jamais brillé dessus. J'ai soufflé un peu sur la brume pour que l'on aperçoive la chaumière : c'était une maison faite de débris d'épaves et couverte de peaux de morses, côté chair à l'extérieur, plein de rouge et de vert. Sur le toit, il y avait un ours blanc vivant, qui grognait. Je suis allé au rivage, regarder les nids d'oiseaux, j'ai vu les petits tout nus qui criaient, bec grand ouvert. Alors j'ai soufflé dans ces milliers de gosiers et ça leur a appris à fermer le bec. Tout en bas, les morses se vautraient comme des entrailles vivantes ou des vers géants avec des têtes de cochons et des dents longues d'une aune...

— Tu parles bien, mon garçon, dit la mère. Rien qu'à t'entendre, l'eau me vient à la bouche !

— Puis on est allés à la pêche ! Le harpon s'est enfoncé dans la poitrine du morse, le sang fumant a jailli comme un jet d'eau sur la glace. Alors, j'ai pensé à jouer mon rôle aussi, j'ai soufflé, j'ai envoyé mes navires à moi, les montagnes de glace hautes comme des falaises, coincer les bateaux. Hou ! comme ça sifflait, ça criait, mais c'était moi qui sifflais le plus fort ! Il a fallu qu'ils déballent sur la glace les carcasses de baleines, les coffres et les cordages ! Je leur ai secoué de la neige dessus, et ceux qui étaient pris dans les glaces, je les ai fait dériver vers le sud avec leurs prises, qu'ils goûtent à l'eau salée. Ils ne reviendront jamais plus à Beeren Eiland !

— Alors, tu as mal fait, dit la mère des vents.

— Ce que j'ai fait de bien, c'est à d'autres de le dire, fit-il, mais voilà mon frère de l'ouest, de tous, c'est lui que je préfère, il sent la mer et il apporte un froid béni !

— Est-ce le petit zéphyr ? demanda le prince.

— Sûrement que c'est le zéphyr, dit la vieille, mais il n'est pas si petit que ça. Au bon vieux temps, c'était un beau garçon, mais c'est passé maintenant ! »

Il avait l'air d'un sauvage, mais il portait un chapeau à bourrelet de feutre pour ne pas se faire de mal[1]. Il tenait à la main une massue d'acajou coupée dans les forêts d'Amérique. Il ne se contentait pas de moins !

« D'où viens-tu ? demanda sa mère.

— Des forêts vierges, dit-il, où les lianes épineuses font une barrière d'un arbre à l'autre, où le serpent d'eau rampe dans l'herbe mouillée, où la présence des hommes semble superflue.

— Qu'est-ce que tu as fait là ?

1. Comprendre, faute de trouver une traduction irréprochable, qu'il s'agit d'une espèce de bonnet entouré d'un épais cercle de feutre, afin que l'enfant qui le porte ne se blesse pas s'il vient à tomber sur la tête.

— J'ai regardé le fleuve profond, je l'ai vu se précipiter de la falaise, devenir poussière et voler vers les nuages porter l'arc-en-ciel. J'ai vu le buffle sauvage nager dans le fleuve, mais le courant l'emportait, il dérivait avec une bande de canards sauvages qui s'est envolée à l'endroit de la cascade. Le buffle a dû tomber, cela m'a plu, j'ai soufflé une telle tempête que les arbres antiques ont suivi le fil de l'eau et ont été réduits en copeaux.

— Et tu n'as rien fait d'autre ? demanda la vieille.

— J'ai fait des culbutes dans les savanes, j'ai caressé les chevaux sauvages et secoué les cocotiers ! oh si ! j'en ai, des histoires à raconter ! mais il ne faut pas dire tout ce que l'on sait. Tu le sais bien, toi, la vieille ! » et il embrassa sa mère qui faillit tomber à la renverse. C'était vraiment un garçon sauvage.

Arriva alors le vent du sud, portant turban et cape volante de bédouin.

« Il fait rudement froid ici », dit-il en jetant des bûches dans le feu, « on sent bien que le vent du nord est arrivé le premier.

— Il fait une telle chaleur ici qu'on pourrait rôtir un ours blanc ! dit le vent du nord.

— C'est toi qui es un ours blanc ! répondit le vent du sud.

— Vous voulez être fourrés dans le sac ! demanda la vieille… Assois-toi sur cette pierre et raconte où tu es allé.

— En Afrique, ma mère ! répondit-il. J'ai été chasser le lion avec les Hottentots au pays des Cafres ! Oh ! l'herbe qui pousse sur la plaine : verte comme une olive ! Le gnou dansait et l'autruche fit la course avec moi, mais c'est quand même moi le plus rapide. Je suis allé dans le désert avec son sable jaune ; on dirait le fond de la mer. J'ai rencontré une caravane ! Ils abattaient leur dernier chameau pour avoir de l'eau à boire, mais ils n'en eurent qu'un peu. En haut, le soleil brûlait, et en bas, le sable cuisait. Le désert s'étendait sans limites. Alors, je me suis roulé dans le sable fin, je l'ai fait tourbillonner en grandes colonnes, quelle danse ! Si tu avais vu l'air abattu du dromadaire. Le marchand tirait son caftan sur sa tête, il se jetait à mes pieds comme devant Allah, son dieu. Ils sont enterrés maintenant, une pyramide de sable les recouvre tous ; quand je soufflerai dessus, un jour, et l'emporterai, le soleil aura blanchi leurs os, le voyageur verra qu'il y a eu là des humains, chose à peine croyable dans le désert !

— Ainsi, tu n'as fait que du mal ! dit la mère. Dans le sac ! Marche ! » et en un clin d'œil, elle avait pris le vent du sud par la taille pour le mettre dans le sac : il roula dedans sur le sol, mais elle s'assit dessus et, alors, il dut se tenir tranquille.

« Ce sont de rudes gaillards, les garçons que vous avez là ! dit le prince.

— Par ma foi, oui, répondit-elle, mais je sais

comment faire pour les dresser ! Voilà le quatrième ! »

C'était le vent d'est, il était vêtu comme un Chinois.

« Ah bon ! tu arrives de ce coin-là, dit la mère, je croyais que tu avais été au jardin de Paradis.

— Je n'y volerai que demain, dit le vent d'est, il y aura cent ans demain que je n'y ai été ! J'arrive de Chine où j'ai dansé autour de la tour de porcelaine si bien que toutes les cloches sonnaient. Dans la rue, on rossait les mandarins, on leur cassait des cannes de bambou sur les épaules et il y avait des gens de la première à la neuvième caste[1], ils criaient : "Grands mercis, paternel bienfaiteur !" Mais ils n'en pensaient pas un mot, et je faisais sonner les cloches et je chantais : "Tsing, tsang, tsou !"

— Tu es un effronté, dit la vieille. Tant mieux que tu ailles au jardin de Paradis demain, ça pourra toujours aider à ton éducation ! Bois comme il faut à la source de la sagesse et rapporte-m'en une petite bouteille pleine !

— Entendu ! dit le vent d'est. Mais pourquoi donc as-tu fourré dans le sac mon frère du sud, sors-le de là ! Il faut qu'il me parle de l'oiseau phénix[2] : au jardin de Paradis, la princesse veut toujours en avoir des nouvelles quand je lui

1. En effet, les mandarins étaient répartis en neuf classes.
2. L'oiseau phénix, motif connu depuis la plus haute antiquité, est censé périr par le feu pour renaître de ses cendres.

rends visite, tous les cent ans. Ouvre le sac, tu seras la plus gentille des mères, et je te remplirai les deux poches de thé, vert et frais, tel que je l'ai cueilli sur place.

— Bon ! À cause de ce thé et parce que tu es mon chouchou, je vais ouvrir ce sac ! », ce qu'elle fit, et le vent du sud sortit en rampant, mais il avait l'air tout déconfit parce que le prince étranger avait vu cela.

« Voilà une feuille de palmier pour la princesse, dit le vent du sud, cette feuille, c'est le vieil oiseau phénix, le seul qui soit au monde, qui me l'a donnée ; de son bec, il y a gravé l'histoire de toute sa vie, des centaines d'années qu'il a vécues. Elle pourra le lire elle-même. J'ai vu l'oiseau phénix mettre personnellement le feu à son nid et se consumer comme la femme d'un Hindou. Oh ! comme les branches sèches craquaient, quelle fumée, quel parfum ! Pour finir, tout est parti en flammes, le vieil oiseau phénix a été réduit en cendres ; mais son œuf, d'un rouge ardent, était dans le feu, il a crevé dans un grand fracas, et le petit s'est envolé. Maintenant, c'est le maître de tous les oiseaux, le seul oiseau phénix au monde. Il a percé un trou dans la feuille de palmier, c'est sa façon de saluer la princesse.

— Mangeons un morceau maintenant ! » dit la mère des vents et ils s'assirent tous pour manger du cerf rôti, le prince était à côté du vent d'est, aussi devinrent-ils bientôt bons amis.

« Dites-moi, fit le prince, qui donc est cette princesse dont on a tant parlé ici et où se trouve le jardin de Paradis ?

— Ho, ho ! dit le vent d'est, si tu veux y aller, accompagne-moi demain ! pourtant, je dois te dire que personne n'y est allé depuis les temps d'Adam et Ève. Tu dois les connaître par ta Bible.

— Bien sûr, dit le prince.

— Le jour où ils furent expulsés, le jardin de Paradis sombra sur terre mais il conserva la chaleur de son soleil, sa douce atmosphère et toute sa splendeur. La reine des fées y habite, c'est là que se trouve l'île de Félicité où la mort ne vient jamais, où il est délicieux de vivre ! Mets-toi sur mon dos demain, je t'emporterai. Je pense que ça peut se faire ! Mais trêve de bavardages à présent, je veux dormir ! »

Et ils s'endormirent tous.

De bonne heure, le lendemain, le prince se réveilla et sa surprise ne fut pas mince de voir qu'il était déjà haut au-dessus des nuages. Il était sur le dos du vent d'est qui le tenait assez ferme. Ils étaient si haut que forêts et champs, fleuves et lacs se dessinaient comme sur une grande carte illuminée.

« Bonjour ! dit le vent d'est. Tu pouvais dormir encore un peu, il n'y a pas grand-chose à voir dans ce pays plat en dessous de nous. À moins que tu aies envie de compter les églises ! Elles font comme de petites marques de craie sur le tableau vert. » C'étaient des champs et des prés qu'il appelait tableau vert.

« C'est malpoli de n'avoir pu dire au revoir à ta mère et à tes frères ! dit le prince.

— Quand on dort, on est excusé ! » dit le vent d'est, et ils se mirent à voler encore plus vite : cela s'entendait aux cimes des arbres, quand ils passaient au-dessus des forêts, toutes les branches et les feuilles bruissaient ; cela s'entendait à la mer et aux lacs car, là où ils passaient, les vagues déferlaient plus haut et les grands bateaux faisaient une profonde révérence, comme cygnes nageant.

Vers le soir, quand il fit noir, il fut amusant de voir les grandes villes. Les lumières brillaient, tantôt ici, tantôt là, c'était exactement comme lorsqu'on a brûlé un morceau de papier et que l'on voit toutes les petites étincelles qui font comme des enfants sortant de l'école ! Et le prince applaudit, mais le vent d'est lui dit de cesser et de bien se tenir, au contraire, sinon, il pourrait facilement tomber et rester suspendu à la flèche d'une église.

L'aigle, dans les noires forêts, volait légèrement, certes, mais le vent d'est, plus légèrement encore. Le cosaque sur son petit cheval traversait rapidement les steppes, mais le prince, bien autrement.

« Tu aperçois l'Himalaya maintenant ! dit le vent d'est ; c'est la plus haute montagne d'Asie. Bientôt, nous allons arriver au jardin de Paradis ! » Ils prirent alors davantage vers le sud et il y eut aussitôt un parfum d'épices et de fleurs. Figues et grenades poussaient à l'état sauvage, et la vigne sauvage portait des raisins bleus et rouges. Là, ils atterrirent tous deux, s'étendirent dans l'herbe tendre où les fleurs firent un signe au vent, comme pour dire : « Te voilà de retour ! Bienvenue !

— Sommes-nous au jardin de Paradis ? demanda le prince.

— Certes, non ! répondit le vent d'est ; mais nous y arriverons bientôt. Vois-tu cette paroi montagneuse et la grande grotte où la vigne pend comme de grands rideaux verts ? C'est là que nous allons pénétrer. Enveloppe-toi dans ton manteau, le soleil est brûlant ici, mais un seul pas et il fait un froid glacial. L'oiseau qui effleure l'entrée de cette grotte a une aile dans la chaleur du soleil et l'autre dans le froid de l'hiver.

— Ainsi, c'est le chemin pour le jardin de Paradis ? » demanda le prince.

Ils entrèrent dans la grotte. Hou ! quel froid glacial ! Toutefois, cela ne dura pas longtemps. Le vent d'est étendit les ailes, qui luisirent comme feu clair. Oh ! quelles grottes ! Les gros blocs de roche dont l'eau dégouttait pendaient au-dessus d'eux en formes fantastiques. Tantôt le chemin était si étroit qu'ils devaient progresser à quatre pattes, tantôt le passage était aussi vaste et haut qu'en plein air. On aurait dit des chapelles mortuaires avec des tuyaux d'orgue muets et des drapeaux pétrifiés.

« C'est par le chemin de la mort que nous allons au jardin de Paradis ! » dit le prince, mais le vent d'est ne répondit pas un mot, il montra du doigt quelque chose devant eux, et la plus ravissante des lumières bleues vint à leur rencontre. Les blocs de pierre, au-dessus d'eux, se muèrent peu à peu en une brume qui finit par être claire comme un nuage blanc au clair de lune. Ils étaient maintenant dans une atmosphère d'une délicieuse douceur, aussi fraîche que dans les montagnes, aussi parfumée que par des roses de la vallée.

Un fleuve coulait, limpide comme l'air lui-même, les poissons étaient comme d'argent et d'or. Des anguilles pourprées, qui lançaient des étincelles bleues à chaque mouvement, jouaient dans l'eau et les larges feuilles des nénuphars prenaient les couleurs de l'arc-en-ciel, leur fleur elle-même était une ardente flamme d'un jaune rouge qu'entretenait l'eau, de même que l'huile fait constamment brûler la lampe ! Un solide pont de marbre décoré avec autant d'art et de délicatesse que s'il avait été fait de dentelles et de perles de cristal menait à l'île de Félicité où s'épanouissait le jardin de Paradis.

Le vent d'est prit le prince dans ses bras et le lui fit traverser. Fleurs et feuilles y chantaient les plus belles chansons de son enfance mais si merveilleusement qu'aucune voix humaine ne peut chanter ainsi ici-bas.

Étaient-ce des palmiers ou des plantes aquatiques géantes qui poussaient là ! Jamais encore le prince n'avait vu arbres aussi vigoureux, aussi grands. Pendaient en longues guirlandes les plantes grimpantes les plus étranges comme on n'en trouve représentées, coloriées et dorées, que dans les marges des anciennes vies de saints ou enlacées aux initiales. C'étaient les plus bizarres compositions d'oiseaux, de fleurs et d'arabesques. Tout près, dans l'herbe, une cohorte de paons déployait des queues rayonnantes. Oui, c'était ainsi, vraiment ! Or, quand le prince les toucha, il s'aperçut que ce n'étaient pas des animaux, mais des plantes : c'étaient les grandes bardanes qui irradiaient là comme la splendide queue du paon. Le lion et le tigre bondissaient avec une souplesse de chat parmi les haies vertes qui embaumaient comme fleur de pommier et ils étaient apprivoisés : la colombe des bois, brillante comme la plus belle des perles, frappait de ses ailes la crinière du lion et l'antilope, si farouche d'habitude, faisait signe de la tête comme si, elle aussi, elle avait voulu prendre part au jeu.

Arriva alors la fée du Paradis. Ses vêtements irradiaient comme le soleil, son visage avait la douceur de celui d'une mère heureuse quand elle se réjouit de son enfant. Elle était jeune et belle, et de ravissantes jeunes filles l'accompagnaient, chacune portant une étoile brillante dans les cheveux.

Le vent d'est lui donna la feuille écrite par l'oiseau phénix et les yeux de la fée étincelèrent de joie. Elle prit le prince par la main et l'emmena dans son château dont les murs exposés au soleil avaient les couleurs des plus magnifiques pétales de tulipes, le plafond n'était qu'une grande fleur radieuse et plus on la contemplait, plus le calice en paraissait profond. Le prince alla à la fenêtre et regarda par l'une des vitres : alors, il vit l'arbre de la connaissance avec le serpent, et Adam et Ève à côté. « Ne les a-t-on pas chassés ? » demanda-t-il, et la fée sourit, et lui expliqua que, sur chaque vitre, le temps avait imprimé son image, mais non comme on la voyait d'habitude : elle était vivante, les feuilles des arbres remuaient, les gens allaient et venaient, comme le reflet d'un miroir. Et il regarda par un autre carreau : c'était le rêve de Jacob où l'échelle montait jusqu'au ciel et où les anges aux grandes ailes montaient et descendaient. Oui, tout ce qui s'était passé en ce monde vivait et bougeait dans les vitres, seul, le temps pouvait graver des peintures aussi subtiles.

La fée sourit et le mena dans une grande salle haute. Les murs en paraissaient des peintures transparentes, avec des portraits plus ravissants les uns que les autres. C'étaient des millions de bienheureux souriant et chantant, leurs chants ne formant qu'une seule mélodie. Ceux de tout en haut étaient si petits qu'ils ne semblaient pas plus grands que le bouton de rose le plus menu quand on lui donne la taille d'un point en dessinant sur le papier. Au milieu de la salle se dressait un grand arbre aux branches tombantes et luxuriantes. Des pommes d'or de toutes tailles pendaient comme des oranges parmi les feuilles vertes. C'était l'arbre de la connaissance dont Adam et Ève avaient mangé le fruit. De chaque feuille tombait une goutte de rosée, brillante et rouge. On eût dit que l'arbre pleurait des larmes de sang.

« Maintenant, prenons le bateau, dit la fée, nous y goûterons des rafraîchissements sur le balancement de l'eau ! Le bateau roule, sans changer de place toutefois, mais tous les pays du monde passeront sous nos yeux. » Et c'était merveilleux de voir comme toute la côte se déplaçait. Voilà les Alpes élevées, couvertes de neige, avec leurs nuages et leurs noirs sapins, le cor sonnait, profondément mélancolique, les bergers jodlaient joliment dans la vallée. Puis les bananiers courbèrent leurs longues branches pendantes au-dessus du bateau, des cygnes noirs nageaient sur l'eau et les plus étranges bêtes, les plus étranges fleurs se montraient sur le rivage : c'était la Nouvelle-Hollande[1], la cinquième partie du monde qui passait, avec une échappée sur les montagnes bleues. On entendait le

1. L'Australie.

chant des prêtres et l'on voyait les danses des sauvages au son des tambours et des trompes en os.

Les pyramides d'Égypte, qui atteignaient les nuages, des colonnes et des sphinx renversés, à demi enfouis dans le sable, défilèrent. Les aurores boréales flambèrent au-dessus des glaciers du Nord, c'était un feu d'artifice que nul n'eût pu imiter. Le prince était ravi, et encore : il vit cent fois plus de choses que ce que nous pouvons dire ici.

« Et je pourrai rester ici toujours ? demanda-t-il.

— Cela dépend de toi ! répondit la fée. Si tu ne te laisses pas tenter, comme Adam, à faire ce qui est interdit, tu pourras rester ici toujours.

— Je ne toucherai pas aux pommes de l'arbre de la connaissance, dit le prince. Il y a ici mille fruits aussi beaux qu'elles.

— Examine-toi et si tu n'es pas assez fort, suis le vent d'est qui t'a amené. Il va repartir et ne reviendra pas de cent ans. Ici, ce temps-là passera pour toi comme si cela ne faisait que cent heures, mais c'est longtemps pour la tentation et le péché. Chaque soir, quand je te quitterai, je devrai te crier : "Viens avec moi !", je serai forcée de te faire un signe de la main, mais reste ! Ne viens pas car ton désir grandira à chaque pas que tu feras : tu arriveras dans la salle où pousse l'arbre de la connaissance. Je dormirai sous ses branches embaumées, tu te pencheras sur moi et force me sera de sourire, mais si tu déposes un baiser sur ma bouche, le Paradis s'enfoncera profondément sous terre et il sera perdu pour toi. L'âpre vent du désert t'enveloppera de son souffle, la pluie glacée dégouttera de tes cheveux. Tu seras voué au chagrin et à la misère.

— Je reste ici ! » dit le prince et le vent d'est l'embrassa sur le front en disant : « Sois fort et nous nous retrouverons ici dans cent ans ! Au revoir ! Au revoir ! » et il déploya ses larges ailes : elles brillaient comme l'éclair de chaleur en automne ou comme l'aurore boréale dans la froideur de l'hiver. « Au revoir ! Au revoir ! » chantèrent les arbres et les fleurs. Comme ruban voletant, cigognes et pélicans s'envolèrent en rangs et l'accompagnèrent jusqu'aux limites du jardin.

« Maintenant, nos danses commencent, dit la fée. À la fin, quand je danserai avec toi, tu me verras te faire signe au moment où le soleil se couchera, tu m'entendras te crier : "Viens avec moi !..." Mais ne le fais pas ! Chaque soir, pendant cent ans, il faudra que je recommence. Car chaque fois que ce moment sera passé, tu auras gagné plus de force et, pour finir, tu n'y penseras plus. Ce soir, c'est la première fois. Voilà, je t'ai prévenu ! »

Et la fée le conduisit dans une grande salle de lis blancs transparents, les étamines jaunes de chacun formaient une petite harpe d'or dont les accents évoquaient une harmonie de cordes et de flûtes. Les plus belles filles, aériennes et sveltes, vêtues de gaze vaporeuse qui laissait voir leurs membres exquis, évoluaient en dansant et en chantant la splendeur de vivre, en disant qu'elles ne mourraient jamais et que le jardin de Paradis fleurirait éternellement.

Et le soleil descendit, le soleil tout entier fut d'or et donna aux lis une teinte du rose le plus délicieux, le prince but du vin pétillant que lui tendaient les jeunes filles et il ressentit une félicité qu'il n'avait jamais connue. Il vit s'ouvrir le fond de la salle et l'arbre de la connaissance parut dans tout son éclat, éblouissant ses yeux. Il en émanait un chant exquis et tendre comme la voix de sa mère, on eût dit qu'elle chantait : « Mon enfant ! Mon enfant bien-aimé ! »

Alors, la fée lui fit signe en appelant tendrement : « Suis-moi ! suis-moi ! » et il se précipita vers elle, il oublia sa promesse, l'oublia dès le premier soir, et elle lui faisait signe en souriant. Le parfum, le parfum capiteux qui l'entourait se fit plus fort, les accents des harpes devinrent encore plus ravissants, ce fut comme si les milliers de têtes, dans la salle où poussait l'arbre, faisaient un signe en souriant et chantaient : « Il faut tout connaître ! L'homme est le maître de la terre » et ce n'étaient plus des larmes de sang qui tombaient des feuilles de l'arbre de la connaissance, c'étaient de rouges étoiles scintillantes, lui sembla-t-il. « Suis-moi, suis-moi ! »

faisaient les mélodies vibrantes, et, à chaque pas, les joues du prince s'enflammaient davantage, son pouls palpitait plus fort. « Il le faut, dit-il, ce n'est pas, ce ne peut tout de même pas être un péché ! Pourquoi ne pas suivre la beauté et la joie ! Je veux la voir dormir ! À condition que je ne l'embrasse pas, il n'y a rien de perdu, et je ne le ferai pas, je suis fort, j'ai une ferme volonté. »

Et la fée rejeta sa parure rayonnante, elle repoussa les branches, un instant après, elle était cachée derrière elles.

« Je n'ai pas encore péché, dit le prince, et je ne pécherai pas ! » Puis il écarta les branches : elle dormait déjà, ravissante comme, seule, peut l'être la fée du jardin de Paradis. Elle souriait dans son rêve, il se pencha sur elle et vit des larmes trembler entre ses cils.

« Est-ce sur moi que tu pleures ? murmura-t-il. Ne pleure pas, ravissante femme ! Voici seulement que je comprends le bonheur du Paradis, il déferle dans mon sang, dans ma pensée, je sens en mon corps terrestre une force de chérubin et une vie éternelle. Que la nuit soit éternelle pour moi, une minute comme celle-ci est un pur trésor ! » et ses baisers chassèrent les larmes des yeux de la fée, sa bouche toucha la sienne…

Alors retentit un coup de tonnerre si profond, si épouvantable que nul encore n'avait jamais rien entendu de pareil, et tout s'effondra : la fée ravissante, le Paradis en fleurs sombrèrent, sombrèrent profondément, profondément, le prince les vit s'abîmer dans la nuit noire. Ils rayonnèrent bien loin, comme une petite étoile brillante ! Le froid de la mort transperça ses membres, il ferma les yeux et resta longtemps gisant, comme mort.

La pluie glacée lui tombait sur la face, le vent âpre soufflait sur sa tête : alors, il reprit ses esprits. « Qu'est-ce que j'ai fait, soupira-t-il, j'ai péché comme Adam ! J'ai tant péché que le Paradis s'est abîmé ! » et il ouvrit les yeux, il voyait encore l'étoile, très loin, l'étoile qui scintillait comme le Paradis aboli… C'était l'étoile du Matin dans le ciel.

Il se leva, il était dans la grande forêt, près de la grotte aux vents. Et la mère des vents était à ses côtés, elle avait l'air fâchée, elle leva le bras.

« Dès le premier soir, dit-elle, c'est bien ce que je pensais ! Si tu étais mon garçon, tu irais dans le sac !

— Il va y aller ! » dit la mort : c'était une robuste vieille, une faux dans la main, avec de grandes ailes noires. « On va le déposer dans le cercueil, mais pas maintenant. Je prends note de lui, qu'il erre de par le monde un moment encore, qu'il expie son péché, qu'il devienne meilleur… ! Je viendrai un jour. Au moment où il s'y attendra le moins, je le fourrerai dans le cercueil noir que je me mettrai sur la tête pour m'envoler vers l'étoile. Là aussi fleurit le jardin de Paradis et s'il est bon et pieux, il y entrera, mais si ses pensées sont mauvaises et son cœur encore plein de péché, il sombrera plus profond encore que le Paradis et, seulement tous les mille ans, je retournerai le chercher pour qu'il sombre plus profondément encore ou pour qu'il reste sur cette étoile, cette scintillante étoile, là-haut ! »

L'elfe de la rose

Au milieu d'un jardin poussait un rosier tout plein de roses et dans l'une de ces roses, la plus belle de toutes, habitait un elfe. Il était si minuscule qu'aucun œil humain ne pouvait le voir. Derrière chaque pétale de la rose, il avait une chambre à coucher. Il était aussi bien fait, aussi charmant qu'un enfant peut l'être et il avait des ailes qui lui allaient des épaules jusqu'aux pieds. Oh ! quel parfum dans ses appartements, comme les murs étaient clairs et beaux : c'étaient les fins pétales rose pâle de la rose, n'est-ce pas !

Toute la journée, il s'amusait à la chaleur du soleil, volait de fleur en fleur, dansait sur les ailes du papillon et évaluait le nombre de pas qu'il lui faudrait faire pour parcourir toutes les routes et les sentiers qu'il y avait sur une seule feuille de tilleul. C'était ce que nous appelons les nervures qu'il prenait pour des routes et des sentiers. Car pour lui, c'étaient des voies interminables. Avant qu'il eût fini, le soleil se couchait. Il faut dire qu'il avait commencé bien tard.

Il faisait froid, la rosée tombait et le vent soufflait. Il valait mieux rentrer chez soi. Il se dépêcha tant qu'il put, mais la rose s'était refermée, il ne put entrer... ; pas une seule rose ne restait ouverte. Le pauvre petit elfe fut tout effrayé, jamais, encore, il n'avait passé la nuit dehors, toujours, il dormait agréablement dans la tiédeur des pétales de rose, oh ! ce serait sûrement sa mort !

À l'autre bout du jardin, à ce qu'il savait, il y avait une charmille couverte de charmants chèvrefeuilles, les fleurs avaient l'air de grandes cornes peintes : c'est dans l'une de celles-ci qu'il descendrait dormir jusqu'au lendemain.

Il vola jusque-là. Chut ! Il y avait deux personnes dans la charmille. Un beau jeune homme et la plus ravissante demoiselle. Ils étaient assis, l'un à côté de l'autre, ils souhaitaient ne plus jamais être séparés. Ils s'aimaient tant, bien plus que le meilleur enfant ne peut aimer son père et sa mère.

« Pourtant, il nous faut nous quitter ! dit le jeune homme. Ton frère ne nous voit pas d'un bon œil, c'est pour cela qu'il m'envoie faire une course par monts et par vaux ! Adieu, ma tendre fiancée, car c'est tout de même ce que tu es pour moi ! »

Ils s'embrassèrent et la jeune fille pleura et lui donna une rose. Mais avant de la lui tendre, elle déposa dessus un baiser, si ardent, si affectueux que la fleur s'ouvrit. Alors, le petit elfe y pénétra et inclina la tête contre les délicates parois parfumées. Mais il entendait bien que l'on disait adieu ! adieu ! et il sentit que la rose trouvait place sur la poitrine du jeune homme… Oh ! comme le cœur battait dans cette poitrine ! Il battait tant que le petit elfe ne put simplement pas s'endormir !

Longtemps, la rose ne resta pas tranquille sur cette poitrine, l'homme la sortait et tout en marchant, solitaire, par la sombre forêt, il embrassait la fleur, oh ! si souvent, si fort que le petit elfe fut sur le point d'être étouffé. Il pouvait sentir à travers le pétale comme les lèvres de l'homme brûlaient, et la rose elle-même s'était ouverte comme au plus fort soleil de midi.

Alors survint un autre homme, sombre et fâché, c'était le méchant frère de la belle jeune fille. Il sortit un grand couteau acéré et, tandis que l'autre embrassait la rose, le méchant le tua, lui trancha la tête et l'enterra avec le corps dans la terre meuble, sous le tilleul.

« Le voici oublié et disparu, pensa le méchant frère, il ne reviendra jamais plus. Il devait faire un long voyage par monts et par vaux, on peut y perdre facilement la vie et c'est ce qui lui est arrivé. Il ne reviendra plus et moi, ma sœur n'osera jamais me questionner sur lui. »

Puis, du pied, il poussa des feuilles mortes sur la terre retournée et rentra chez lui dans la nuit noire. Mais il n'allait pas seul comme il le croyait : le petit elfe l'accompagnait, installé dans une feuille de tilleul fanée, recroquevillée, qui était tombée sur les cheveux du méchant pendant qu'il creusait la tombe. Il avait mis son chapeau par-dessus, il faisait bien noir là-dedans, cette horrible action faisait trembler l'elfe d'effroi et de colère…

Au matin, le méchant arriva chez lui. Il enleva son chapeau et pénétra dans la chambre de sa sœur. La belle fille en fleurs était couchée là, rêvant de celui qu'elle aimait tant, et qui, pensait-elle, allait par monts et par vaux, traversant les forêts. Et le méchant frère se pencha sur elle et eut un rire épouvantable, comme seul peut rire le Diable. Alors, la feuille fanée tomba de ses cheveux sur la couverture, pénétra dans l'oreille de la jeune fille endormie et lui raconta, comme en rêve, le meurtre effroyable, lui décrivant l'endroit où son frère avait assassiné le jeune homme et où il avait déposé son cadavre, lui parla du tilleul en fleur, tout à côté, et dit : « Pour que tu n'ailles pas croire que ce que je t'ai raconté n'est qu'un rêve, tu trouveras sur ton lit une feuille fanée ! » Et elle la trouva lorsqu'elle se réveilla.

Ô les larmes salées qu'elle pleura ! et à personne, elle n'osa dire son chagrin. La fenêtre restait ouverte toute la journée, le petit elfe put facilement sortir dans le jardin, jusqu'aux roses et toutes les autres fleurs, mais il ne put se résoudre à abandonner l'affligée. À la fenêtre, il y avait un rosier remontant, il se posa dans l'une de ses fleurs et regarda la pauvre jeune fille. Son frère entra maintes fois dans la chambre, tout joyeux, tout méchant, mais elle n'osait dire un mot du grand chagrin de son cœur.

Dès qu'il fit nuit, elle se glissa hors de la maison, alla dans la forêt à l'endroit où se trouvait le tilleul, chassa les feuilles du sol, creusa et trouva tout de suite celui qui avait été assassiné. Oh ! comme elle pleura, priant Notre-Seigneur de mourir bientôt, elle aussi…

Elle aurait bien voulu remporter le cadavre chez elle, mais elle ne le pouvait pas. Alors, elle prit la tête livide aux yeux clos, baisa la bouche glacée et secoua la terre de ses charmants cheveux. « Cette tête, je la veux à moi ! » dit-elle, et quand elle eut déposé de la terre et des feuilles sur le corps, elle emporta la tête chez elle ainsi qu'une branchette de jasmin qui fleurissait dans la forêt où il avait été tué.

Dès qu'elle fut dans sa chambre, elle alla chercher le plus grand pot de fleurs qu'elle put trouver, elle y déposa la tête du mort, la recouvrit de terre et planta le rameau de jasmin dans le pot.

« Adieu ! Adieu ! » murmura le petit elfe, il ne pouvait plus supporter de voir tout ce chagrin et, donc, s'envola dans le jardin, vers sa rose… Mais elle était fanée, seuls, quelques pétales flétris pendaient à son pédoncule vert.

« Ah ! comme tout ce qui est beau et bon passe vite, tout de même ! » soupira l'elfe. Il finit par retrouver une rose qui devint sa maison, il put loger derrière ses délicats pétales embaumés.

Chaque matin, il volait vers la fenêtre de la pauvre jeune fille : elle était toujours près de son pot de fleurs, et pleurait. Ses larmes salées tombaient sur le rameau de jasmin, et, de jour en jour, plus elle pâlissait, plus le rameau prospérait et verdissait, il sortait bourgeon sur bourgeon, de petits boutons blancs surgirent, qui devinrent des fleurs, et elle les embrassait, mais le méchant frère sacrait en demandant si elle était devenue folle ! Il ne pouvait souffrir, il ne pouvait comprendre pourquoi elle pleurait toujours sur ce pot de fleurs. Il ne pouvait savoir, bien entendu, quels yeux étaient fermés *là* et quelles lèvres rouges étaient devenues terre. Et elle courba la tête sur le pot de fleurs et le petit elfe de la rose la trouva ainsi, sommeillant. Alors, il pénétra dans son oreille, lui raconta la soirée dans la charmille, le parfum de la rose, l'amour des elfes. Elle fit un rêve très doux, mais tandis qu'elle rêvait, la vie la quitta. Elle mourut d'une mort paisible, elle se retrouva au Ciel, près de celui qu'elle chérissait.

Et les fleurs de jasmin ouvrirent leurs grandes clochettes blanches au parfum d'une merveilleuse douceur : elles ne savaient pas pleurer autrement la morte.

Mais le méchant frère regarda la belle plante en fleur, il la prit en héritage et la mit dans sa chambre, tout près de son lit car elle était charmante à regarder et son arôme était exquis. Le petit elfe de la rose avait accompagné le jasmin, volant de fleur en fleur, car dans chacune logeait une petite âme à laquelle il parlait du jeune homme assassiné dont la tête était maintenant terre sous la terre, parlait du méchant frère et de sa pauvre sœur.

« Nous le savons ! » disait chacune des âmes dans les fleurs, « nous le savons ! Ne sommes-nous pas nées des yeux et des lèvres du mort ! Nous le savons ! Nous le savons ! » et elles hochaient étrangement la tête.

L'elfe de la rose ne parvenait pas à comprendre comment elles pouvaient être si calmes et il s'envola vers les abeilles qui récoltaient du miel, leur raconta l'histoire du méchant frère, et les abeilles le dirent à leur reine qui leur ordonna de tuer l'assassin le lendemain.

Mais la nuit qui précéda, la première nuit après la mort de la sœur, alors que le frère dormait dans son lit tout près du jasmin embaumé, chaque calice de fleur s'ouvrit, et, invisibles, mais armées de lances empoisonnées, les âmes des fleurs sortirent et se posèrent d'abord sur son oreille pour lui raconter de mauvais rêves, puis elles volèrent sur ses lèvres et lui piquèrent la langue de leurs lances empoisonnées. « Voilà ! nous avons vengé le mort ! » dirent-elles en retournant dans les clochettes blanches du jasmin.

Quand ce fut le matin et que la fenêtre de la chambre à coucher s'ouvrit soudain, l'elfe de la rose, avec la reine des abeilles et tout l'essaim, se précipita pour tuer le méchant frère.

Mais il était déjà mort. Des gens entouraient son lit, disant : « L'odeur du jasmin l'a tué ! »

Alors, l'elfe de la rose comprit la vengeance des fleurs, il le dit à la reine des abeilles qui bourdonna avec tout son essaim autour du pot de fleurs. Pas moyen de chasser les abeilles. Un homme emporta le pot de fleurs et l'une des abeilles le piqua à la main, si bien qu'il lâcha le pot, qui se brisa.

Alors, on vit la tête blanche du mort et l'on sut que le mort dans le lit était un assassin.

Et la reine des abeilles bourdonna en l'air, chantant la vengeance des fleurs et l'elfe de la rose, et disant que derrière le moindre pétale habite quelqu'un capable de dire le mal et de le venger.

La fée du sureau

Il était une fois un petit garçon qui s'était enrhumé. Il s'était mouillé les pieds en marchant, pas moyen de comprendre où il avait pris cela car le temps était tout à fait sec. Sa mère le déshabilla donc, le mit au lit et apporta la bouilloire pour lui préparer une bonne tasse d'infusion de sureau : cela réchauffe ! Au même instant, entra le vieil homme amusant qui habitait tout en haut de la maison et qui vivait tout seul car il n'avait ni femme ni enfants, mais il aimait beaucoup tous les enfants et s'entendait à raconter tant de contes et d'histoires que c'en était un plaisir.

« Maintenant, prends ta tisane, dit la mère, alors, tu entendras peut-être un conte.

— C'est-à-dire, si on en savait un nouveau ! » dit le vieil homme en hochant gentiment la tête. « Mais où ce petit-là s'est-il mouillé les pieds ? demanda-t-il.

— C'est ça : où ? dit la mère. Pas moyen de comprendre ça.

— J'aurai un conte ? demanda le garçon.

— Oui, si tu peux me dire assez exactement, parce qu'il faut que je le sache d'abord, quelle est la profondeur du caniveau de la petite rue que tu prends pour aller à l'école.

— Il arrive exactement à mi-hauteur des tiges de mes bottes, dit le garçon, mais ensuite, il faut que j'entre dans le trou profond !

— Eh bien, voilà où nous nous sommes mouillé les pieds, dit le vieux. Donc, il faudrait que je dise un conte, mais je n'en sais plus !

— Vous pouvez en inventer un tout de suite, dit le petit garçon. Mère dit que tout ce que vous regardez peut devenir un conte et que de tout ce que vous touchez, vous pouvez tirer une histoire.

— Oui, mais ces contes et ces histoires ne valent rien ! Non, les vrais viennent tout seuls, ils frappent à mon front en disant : "Me voici !"

— On ne va pas frapper bientôt ! » demanda le petit garçon, et la mère rit, mit du sureau dans la bouilloire et versa de l'eau bouillante dessus.

« Racontez ! racontez !

— Oui, si un conte voulait venir de lui-même, mais un conte comme ça, ça fait des manières, ça ne vient que quand ça en a envie… ! stop ! dit-il soudain. Le voilà ! Fais attention, il y en a un dans la bouilloire ! »

Et le petit garçon regarda la bouilloire, le couvercle se souleva progressivement et les fleurs de sureau apparurent, fraîches et blanches, elles poussaient de grandes branches, même par le bec verseur, elles s'étendaient de tous côtés, grandissant sans cesse, cela faisait un buisson tout à fait charmant, tout un arbre qui s'insinua sur le lit et écarta les rideaux. Oh ! comme il fleurissait et embaumait ! et au milieu de cet arbre, il y avait une vieille gentille femme qui portait une drôle de robe, toute verte comme les feuilles du sureau et garnie de grandes fleurs blanches de sureau, on ne voyait pas tout de suite si c'était du tissu ou de la verdure et des fleurs vivantes.

« Comment s'appelle cette femme ? demanda le petit garçon.

— Eh bien, dit le vieil homme, les Romains et les Grecs l'appelaient une dryade[1], mais ça, nous ne le comprenons pas. Dans les Nyboder[2], on lui a trouvé un meilleur nom, on l'appelle “la fée du sureau” et c'est à elle que tu vas faire attention maintenant. Écoute bien et regarde ce charmant sureau :

« Il y a précisément un grand arbre en fleur de ce genre-là dans les Nyboder. Il a poussé dans un coin, dans une pauvre petite ferme. Un après-midi, par un beau soleil, deux vieilles personnes étaient assises sous cet arbre, c'étaient un

1. Déesse d'un rang inférieur, protectrice des forêts.
2. Quartier de Copenhague célèbre pour ses jardins pleins de sureaux.

vieux, vieux marin et sa vieille, vieille femme, c'étaient des arrière-grands-parents, ils allaient bientôt fêter leurs noces d'or, mais ils ne se rappelaient pas bien la date, et la fée du sureau était dans l'arbre, l'air tout réjoui, comme ici. “Je sais bien, moi, quand ce seront les noces d'or ! ” dit-elle, mais ils ne l'entendirent pas, ils parlaient des anciens jours.

« “Te rappelles-tu, disait le vieux marin, le temps où nous étions tout petits, nous courions, nous jouions, c'était dans la ferme même où nous sommes, nous avions enfoncé des baguettes pour faire un jardin.

« — Oui, disait la vieille femme, je m'en souviens bien, et nous avons arrosé les baguettes, et l'une d'elles était une baguette de sureau, elle a pris racine, elle a sorti des pousses vertes et est devenue ce grand arbre sous lequel nous nous trouvons, nous, les vieux !

« — Mais oui, dit-il, et là-bas, dans le coin, il y avait un cuveau, mon navire y flottait, c'est moi qui l'avais taillé, comme il naviguait bien ! Seulement, je me suis bientôt mis à naviguer d'une autre façon !

« — Oui, mais d'abord, nous sommes allés à l'école nous instruire un peu, dit-elle, et puis nous avons été confirmés ! Nous pleurions, tous les deux. Et dans l'après-midi, nous sommes montés, main dans la main, sur la Tour ronde, nous avons regardé de par le monde, Copenhague et la mer. Puis nous sommes allés à Frederiksberg, où le roi et la reine naviguaient par les canaux dans leurs barques magnifiques.

« — Mais je devais vraiment naviguer d'une autre façon, et ce, pendant bien des années, bien loin, pour de grands voyages !

« — Oui, je pleurais souvent à cause de toi, dit-elle, je croyais que tu étais mort et disparu, à muser tout en bas dans l'eau profonde ! Bien des nuits, je me levais pour regarder si la girouette tournait. Oui, elle tournait, certes, mais tu ne venais pas ! Je me rappelle si bien comme, un jour, il pleuvait à torrents, l'éboueur arriva devant la maison où je servais, je descendis avec la boîte à ordures et restai devant la porte... quel sale temps il faisait ! Et alors que j'étais là, le facteur se trouva à mes côtés et me remit une lettre. C'était de toi ! Oh ! comme elle avait voyagé ! Je me suis précipitamment mise à la lire. Je riais, je pleurais. J'étais tellement contente ! Il y était dit que tu étais dans les pays chauds où poussent les grains de café ! comme ce doit être un pays béni ! Tu racontais tant de choses, et je voyais tout tandis que la pluie tombait à torrents et que je restais là avec la boîte à ordures. Au même instant, voilà quelqu'un qui me prend par la taille... !

« — Oui, mais tu lui as donné une fameuse gifle qui a claqué comme il faut.

« — Je ne pouvais pas savoir que c'était toi ! Tu étais arrivé en même temps que ta lettre. Et tu étais si beau... ! et tu l'es encore, tu avais un grand mouchoir de soie jaune dans la poche et un chapeau tout luisant. Tu étais si élégant ! Dieu ! quel temps il faisait, quel air avait la rue !

« — Et puis, nous nous sommes mariés, dit-il, tu te le rappelles ? et puis nous avons eu notre premier petit garçon, et puis Marie et Niels et Peter et Hans Christian !

« — Oui, et comme ils ont grandi, tous, et sont devenus de braves gens que tout le monde aime !

« — Et leurs enfants, à leur tour, ont eu des petits ! dit le vieux matelot. Oui, ce sont des arrière-petits-enfants qui ont du cran... ! Il me semble quand même que c'est à cette époque de l'année que nous avons célébré nos noces... !

« — Oui, c'est précisément aujourd'hui, le jour des noces d'or !" dit la fée du sureau en passant la tête entre les deux vieux qui crurent que c'était la voisine qui leur faisait signe. Ils se regardèrent et se tinrent par la main. Peu après arrivèrent les enfants et les petits-enfants. Ils savaient bien que c'était le jour des noces d'or, ils avaient déjà fait leurs félicitations le matin, mais les vieux l'avaient oublié alors qu'ils se rappelaient si bien tout ce qui s'était passé tant d'années avant. Et le sureau embaumait tellement, et le soleil qui déclinait les éclairait en pleine figure. Ils avaient l'air rubiconds, tous les deux, et le plus jeune de leurs petits-enfants dansa en rond autour d'eux en criant, radieux, que, ce soir, il y aurait une vraie fête, on aurait des pommes de terre chaudes. Et la fée du sureau hochait la tête dans l'arbre en criant hourra avec tous les autres…

— Mais ce n'est pas un conte ! » dit le petit garçon, qui écoutait.

« Tu penses comme tu t'y connais, dit le conteur, demandons donc à la fée du sureau !

— Ce n'était pas un conte, dit la fée du sureau, mais il va venir ! C'est justement dans la réalité que poussent les contes les plus merveilleux. Sinon, mon ravissant buisson de sureau n'aurait pas poussé de la bouilloire ! » et elle sortit le petit garçon de son lit, le prit sur sa poitrine et les branches de sureau, toutes fleuries, les entourèrent, ils étaient comme dans la plus luxuriante des tonnelles qui s'envola avec eux, c'était un délice incomparable. D'un coup, la fée du sureau devint une petite fille ravissante, mais sa robe était encore du même tissu vert à fleurs blanches qu'avait portée la fée du sureau. Elle avait sur la poitrine une vraie fleur de sureau et, dans ses cheveux blonds bouclés, toute une couronne de fleurs de sureau. Comme elle avait de grands yeux bleus, oh ! c'était une bénédiction de la regarder ! Ils s'embrassèrent et voilà qu'ils étaient du même âge, avec les mêmes goûts.

Ils sortirent, main dans la main, de la tonnelle et se trouvèrent dans le beau jardin de fleurs de la maison. Sur la fraîche pelouse, la canne du père était attachée à une baguette. Pour les petits, cette canne était vivante. Dès qu'ils l'enfourchèrent, le pommeau luisant se métamorphosa en une magnifique tête hennissante, la longue crinière noire flottait au vent, quatre vigoureuses pattes élancées poussèrent. La bête était forte et fringante. Ils firent le tour de la pelouse au galop. Hop… ! « Nous voilà partis pour des lieues et des lieues, dit le garçon, nous allons au manoir où nous étions l'an dernier ! » et ils chevauchèrent, chevauchèrent tout autour de la pelouse. Et la petite fille qui, nous le savons, n'était autre que la fée du sureau, criait tout le temps : « Nous voici à la campagne ! vois-tu la maison du paysan avec son grand four qui a l'air d'un œuf énorme, dans le mur qui donne sur la route ? Le sureau incline ses branches au-dessus, le coq gratte le sol pour les poules, vois comme il se rengorge… ! Nous voici près de l'église ! Elle est tout en haut de la colline parmi les grands chênes dont l'un est presque déraciné… ! Maintenant, nous sommes près de la forge où brûle le feu, les hommes à demi nus frappent du marteau et font voler les étincelles. En route, en route pour le magnifique manoir ! » et tout ce que disait la petite fille, assise derrière sur la canne, passait devant eux. Le garçon le voyait et, pourtant, ils faisaient seulement le tour de la pelouse. Puis ils jouèrent dans l'allée latérale et tracèrent par terre un petit jardin, et elle enleva de ses cheveux la fleur de sureau, la planta, et elle poussa exactement comme cela s'était produit pour les vieilles gens des Nyboder, du temps où ils étaient petits, comme on l'a raconté tout à l'heure. Ils marchaient main dans la main, comme l'avaient fait les vieilles gens dans leur enfance, mais sans monter dans la Tour ronde ni aller au jardin de Frederiksberg, non, la petite fille prit le garçon par la taille puis ils s'envolèrent par tout le Danemark et ce fut le printemps, et ce fut l'été, et ce fut l'automne, et ce fut l'hiver et des milliers d'images se reflétaient dans les yeux et le cœur du garçon, et tout le temps, la petite fille chantait pour lui : « Tu n'oublieras jamais cela ! » et, pendant tout ce vol, le sureau embaumait délicieusement. Le garçon sentait bien l'odeur des roses et des hêtres, mais le sureau embaumait encore plus merveilleusement car ses fleurs reposaient sur le cœur de la petite fille et il penchait souvent la tête dessus en volant.

« Le printemps est magnifique ici ! » disait la fillette et ils étaient dans la forêt de hêtres aux bourgeons frais éclos où le vert muguet embaumait à leurs pieds, et les anémones rose pâle avaient si joli air dans la verdure. Oh ! si seulement c'était toujours le printemps dans la forêt danoise de hêtres embaumés !

« L'été est magnifique ici ! » disait-elle, et ils passaient rapidement devant de vieux manoirs du temps des chevaliers, où les murailles rouges et les toits à pignons se reflétaient dans les douves, où les cygnes nageaient en jetant un regard dans les vieilles allées paisibles. Dans les champs, le blé ondulait comme une mer, les fossés étaient pleins de fleurs rouges et jaunes, les barrières portaient du houblon sauvage et des liserons en fleur. Et le soir, la lune montait, grosse et ronde, les meules de foin, dans les prés, fleuraient bon. Ça ne s'oublie jamais !

« L'automne est magnifique ici ! » disait la petite fille, et le ciel était deux fois plus haut, plus bleu, la forêt prit des couleurs du rouge, du jaune et du vert le plus ravissant, les chiens de chasse passaient en courant, des bandes d'oiseaux sauvages volaient en criant au-dessus du tertre où des ronciers s'accrochaient aux vieilles pierres. La mer était bleu noir avec des voiliers blancs et, dans la grange, de vieilles femmes, des jeunes filles et des enfants égrenaient du houblon dans une grande cuve. Les jeunes chantaient des chansons et les vieilles disaient des contes qui parlaient de nixes et de trolls. Ce ne pouvait être mieux !

« L'hiver est magnifique ici ! » disait la petite fille. Et tous les arbres étaient couverts de givre, ils avaient l'air de coraux blancs, la neige crissait sous les pieds comme si l'on portait toujours des bottes neuves, du ciel tombaient les étoiles filantes l'une après l'autre. Dans la salle, on allumait l'arbre de Noël, il y avait des cadeaux et de la bonne humeur. À la campagne, le violon résonnait dans la chaumière du paysan, les beignets aux pommes sautaient en l'air, même l'enfant le plus pauvre disait : « C'est tout de même magnifique, l'hiver ! »

Oui, c'était magnifique ! et la petite fille montrait tout au garçon, et tout le temps, le sureau embaumait et tout le temps, le drapeau rouge à croix blanche flottait au vent, le drapeau sous lequel le vieux marin des Nyboder avait navigué… et le garçon devint jeune homme, il dut s'en aller dans le vaste monde, très loin, aux pays chauds où pousse le café. Mais au moment du départ, la petite fille prit sur sa poitrine une fleur de sureau, la lui donna pour qu'il la garde : elle fut déposée dans son livre de cantiques et toujours, aux pays étrangers, quand il ouvrait ce livre, c'était justement à l'endroit où se trouvait la fleur du souvenir : plus il la regardait, plus elle se ravivait. Il sentait pour ainsi dire un parfum des forêts danoises, il voyait nettement parmi les pétales de la fleur la petite fille regardant de ses clairs yeux bleus, et elle chuchotait alors : « Le printemps, l'été, l'automne et l'hiver sont magnifiques ici ! » et des centaines d'images passaient dans ses pensées.

Bien des années s'écoulèrent ainsi, c'était maintenant un vieil homme, assis avec sa femme âgée sous un arbre en fleur. Ils se tenaient par la main, comme l'arrière-grand-père et l'arrière-grand-mère le faisaient là-bas dans les Nyboder, et ils parlaient, tout comme eux, des anciens jours et de leurs noces d'or. La petite fille aux yeux bleus et aux fleurs de sureau dans les cheveux était perchée dans l'arbre, leur faisant des signes de tête à tous deux, et disant : « Aujourd'hui, c'est le jour des noces d'or ! », puis elle enleva deux fleurs de sa couronne, les embrassa, et elles brillèrent d'abord comme de l'argent, puis comme de l'or, et quand elle les posa sur la tête des vieux, chaque fleur devint une couronne d'or. Ils étaient là tous les deux comme un roi et une reine, sous l'arbre odorant qui avait absolument l'air d'un sureau, et il raconta à sa vieille femme l'histoire de la fée du sureau, telle qu'on la lui avait racontée quand il était petit garçon, et ils trouvèrent tous les deux qu'il y avait tant de choses dans cette histoire qui ressemblaient à la leur, et ces ressemblances-là, c'était ce qu'ils aimaient le mieux.

« Eh oui ! c'est ainsi ! » dit la petite fille dans l'arbre. « Certains m'appellent fée du sureau, d'autres m'appellent dryade, mais, en fait, je m'appelle Souvenir, c'est moi qui suis dans l'arbre qui pousse, pousse, moi, je me rappelle, moi, je peux raconter ! Fais-moi voir si tu as encore ta fleur ! »

Et le vieil homme ouvrit son livre de cantiques, la fleur du sureau y était, aussi fraîche que si on l'y avait mise récemment, et le Souvenir fit un signe de tête, et les deux vieux aux couronnes d'or restaient dans la rougeur du soleil vespéral. Ils fermèrent les yeux, et… et… eh bien ! le conte est fini !

Le petit garçon était dans son lit, il ne savait pas s'il avait rêvé ou s'il avait entendu raconter tout cela. La bouilloire était sur la table, mais il n'en poussait pas de sureau et le vieil homme qui avait raconté était sur le point de partir — ce qu'il fit.

« Comme c'est magnifique ! dit le petit garçon. Mère, j'ai été aux pays chauds !

— Oui, je pense bien, dit la mère, quand on a dans le corps deux grandes tasses de tisane de sureau, on doit bien arriver dans les pays chauds… ! » et elle le borda bien pour qu'il ne prenne pas froid. « Tu as dû dormir pendant que je me chamaillais avec lui pour savoir si c'était une histoire ou un conte !

— Et où est la fée du sureau ? demanda le garçon.

— Elle est sur la bouilloire, dit la mère, et elle peut y rester ! »

La plus belle rose du monde

Il y avait une reine puissante qui avait dans son jardin les fleurs les plus ravissantes de chacune des saisons de l'année et de tous les pays du monde, mais c'étaient surtout les roses qu'elle aimait, aussi en avait-elle des espèces les plus diverses, depuis l'églantier aux feuilles vertes fleurant la pomme jusqu'à la plus belle rose de Provence ; elles poussaient contre les murailles du château, s'enlaçaient aux piliers et aux cadres des fenêtres, pénétraient dans les couloirs et allaient jusqu'au plafond de toutes les salles. Et ces roses mêlaient leurs parfums, leurs formes et leurs couleurs.

Mais le chagrin et l'affliction habitaient le château. La reine était au lit, malade, et les médecins déclaraient qu'elle allait mourir.

« Toutefois, il y a une possibilité de la sauver », dit le plus savant d'entre eux, « apportez-lui la plus belle rose du monde, celle qui exprime l'amour le plus élevé et le plus pur ! Si elle paraît devant ses yeux avant qu'ils s'éteignent, elle ne mourra pas. »

Et de partout, jeunes et vieux apportèrent des roses, les plus ravissantes qui fleurissaient dans chaque jardin, mais il ne s'agissait pas de ces roses-là. C'était au jardin d'amour qu'il fallait aller chercher cette fleur. Mais là, quelle rose exprimait l'amour le plus élevé, le plus pur ?

Et les poètes chantèrent la plus belle rose du monde, chacun nomma la sienne. Et l'on envoya des messages par tout le pays, à tous les cœurs qui battaient d'amour, on envoya des messages aux gens de toute condition et de tout âge.

« Personne encore n'a trouvé cette fleur, dit le savant. Personne n'a indiqué l'endroit où elle a éclos dans toute sa splendeur. Ce ne sont pas les roses du cercueil de Roméo et de Juliette, ou de la tombe de Valborg[1], bien que ces roses-là embaument toujours les récits et les chants, ce ne sont pas les roses qui ont poussé sur les lances ensanglantées de Winkelried[2], du sang sacré jailli de la poitrine du héros mort pour sa patrie, bien qu'il n'y ait pas de mort plus douce,

1. Valborg est l'héroïne d'une ballade médiévale danoise particulièrement célèbre.

2. Arnold Winkelried, héros suisse, parvint en 1386 à libérer ses compatriotes du joug autrichien à la bataille de Sempach. Les Suisses cherchaient désespérément à rompre les rangs des chevaliers autrichiens aux lances baissées ; Winkelried fit une percée en saisissant toute une brassée de lances dont il se transperça la poitrine.

pas de rose plus rouge que ce sang qui coula alors. Ce n'est pas non plus la plus merveilleuse que l'homme cultive des jours, des années, dans ses longues nuits sans sommeil, dans sa maison solitaire, à laquelle il dédie sa vie en fleurs, la rose magique de la science !

— Je sais où elle fleurit ! » dit une heureuse mère qui était venue au chevet de la reine avec son enfant tout petit. « Je sais où se trouve la plus belle rose du monde ! La rose qui exprime l'amour le plus élevé, le plus pur. Elle fleurit sur les joues toutes roses de mon mignon bébé lorsque, revigoré par le sommeil, il ouvre les yeux et me sourit de tout son amour !

— Cette rose-là est ravissante, mais il en existe une plus belle ! dit le savant.

— Oui, bien plus belle ! dit une des femmes. Je l'ai vue, il ne fleurit pas de rose plus sublimement sainte, mais elle était pâle comme les pétales de la rose-thé. C'est sur les joues de la reine que je l'ai vue. Elle avait posé sa couronne royale, elle marchait toute seule dans la longue nuit affligée avec son enfant malade, pleurant sur lui, l'embrassant et priant Dieu pour lui, comme prie une mère à l'heure de l'angoisse !

— Sainte et d'une merveilleuse puissance est la rose blanche du chagrin, mais ce n'est pas celle-là tout de même !

— Non, la plus belle rose du monde, je l'ai vue devant l'autel du Seigneur », dit le vieil évêque plein de piété. « Je l'ai vue briller comme si un visage d'ange se manifestait. Les jeunes filles allaient à la table de communion renouveler leurs engagements de baptême, des roses rouges, des roses pâles fleurissaient sur leurs fraîches joues. Il y avait là une jeune fille : elle levait vers son Dieu des yeux emplis de la pureté parfaite et de l'amour de son âme. Voilà l'expression de l'amour le plus élevé et le plus pur !

— Béni soit-il, dit le savant, pourtant, aucun de vous n'a mentionné encore la plus belle rose du monde ! »

Alors pénétra dans la pièce un enfant, le jeune fils de la reine. Il avait les yeux et les joues pleins de larmes. Il portait un gros livre ouvert, relié de velours, à grands fermoirs d'argent.

« Mère, dit le petit, oh ! écoute ce que j'ai lu ! » Et l'enfant s'assit près du lit et lut, dans ce livre, l'histoire de Celui qui se voua à la mort sur la croix pour sauver les hommes, y compris les générations à naître. « De plus grand amour, il n'y en a pas ! »

Et un éclat de roses passa sur les joues de la reine, ses yeux s'agrandirent, s'éclairèrent car elle voyait s'élever des feuilles du livre la plus belle rose du monde, image de celle qui naquit du sang du Christ sur l'arbre de la croix.

« Je la vois ! dit-elle. Jamais ne mourra celui qui voit cette rose, la plus belle de la terre ! »

L'escargot et le rosier

Autour du jardin, il y avait une clôture de noisetiers ; à l'extérieur, c'étaient des champs et des prés avec des vaches et des moutons, mais au milieu du jardin se dressait un rosier en fleur. À son pied se trouvait un escargot. Il avait quelque chose d'important en lui : c'était lui-même.

« Attendez que mon temps vienne, disait-il, je ferai plus que de sortir des roses ou de porter des noisettes, ou de donner du lait comme les vaches et les brebis !

— J'attends beaucoup de ce moment-là, dit le rosier. Puis-je demander quand cela viendra ?

— Je prends mon temps ! dit l'escargot. Comme vous êtes pressé ! Il n'y a pas péril en la demeure ! »

L'année suivante, l'escargot était à peu près au même endroit, au soleil, au pied du rosier, qui sortait des boutons et épanouissait des roses toujours fraîches, toujours nouvelles. Et l'escargot sortit à demi de sa coquille, allongea ses cornes et les rentra.

« Tout a le même aspect que l'an dernier ! Il n'y a eu aucun progrès. Le rosier continue de porter ses roses, ça ne va pas plus loin ! »

L'été passa, l'automne passa, le rosier sortait constamment des fleurs et des boutons, jusqu'à ce que la neige tombe, le temps devint humide et froid, le rosier se courba jusqu'au sol, l'escargot rampa sous terre.

Une nouvelle année commença, les roses sortirent, l'escargot sortit.

« Vous voilà un vieux rosier maintenant ! dit-il. Il va falloir penser à disparaître. Vous avez donné au monde tout ce que vous aviez en vous. Savoir si ça avait quelque importance, c'est une question à laquelle je n'ai pas eu le temps de réfléchir. Mais il est clair que vous n'avez pas fait la moindre chose pour votre développement intérieur, sinon, il serait sorti autre chose de vous. Pouvez-vous justifier cela ? Vous ne serez bientôt plus que branchettes nues ! Vous arrivez à comprendre ce que je dis ?

— Vous me faites peur ! dit le rosier. Je n'ai jamais réfléchi à ça !

— Oui, vous devez ne jamais vous être donné beaucoup de peine pour réfléchir ! Vous êtes-vous jamais rendu compte de la raison pour laquelle vous fleurissiez et comment il se fait que l'on fleurit. Comment ainsi et pas autrement ?

— Non, dit le rosier. J'ai fleuri dans la joie parce que je ne savais pas faire autre chose. Le soleil était si chaud, l'air, si revigorant, j'ai bu la claire rosée et la forte pluie. J'ai respiré, j'ai vécu ! De la terre, une force montait en moi, une force venait d'en haut, je sentais un bonheur toujours nouveau, toujours grand, voilà pourquoi il fallait toujours que je fleurisse. C'était ma vie, je ne savais rien faire d'autre !

— La belle vie que vous avez menée là ! dit l'escargot.

— Certainement ! Tout m'a été donné, dit le rosier, mais à vous, il a été donné davantage encore ! Vous êtes de ces natures pensantes, profondes, un de ces êtres très doués qui étonneront le monde !

— Je ne pense absolument pas à ça ! dit l'escargot. Le monde ne me concerne pas ! qu'ai-je à faire du monde ! J'ai suffisamment à faire avec moi-même et en moi-même !

— Mais ne devons-nous pas, tous ici-bas, donner le meilleur de nous-mêmes aux autres ? apporter ce que nous pouvons… ! Certes, je n'ai donné que des roses… ! mais vous ? Vous qui avez tant reçu, qu'avez-vous donné au monde ? Que lui donnez-vous ?

— Ce que j'ai donné ? ce que je donne ? Je crache dessus ! Il n'est bon à rien ! Il ne me concerne pas. Sortez des roses, c'est tout ce que vous savez faire ! Que le noisetier porte des noisettes ! que les vaches et les brebis donnent du lait. Chacun son public, moi, j'ai le mien en moi-même ! Je rentre en moi-même et j'y reste. Ce monde ne me concerne pas ! »

Et l'escargot rentra dans sa maison et la ferma au mastic.

« C'est triste ! dit le rosier. J'ai beau faire, je ne peux pas me recroqueviller, il faut que j'éclose toujours, que je fasse éclore des roses. Les pétales tombent, ils volent au vent ! Tout de même, j'ai vu mettre une des roses dans le livre de cantiques de la maîtresse de maison, une de mes roses a trouvé place sur le sein d'une jeune fille charmante et une a été embrassée par une bouche d'enfant ravie de joie. Cela m'a fait tant de bien, une vraie bénédiction. Voilà mes souvenirs, ma vie ! »

Et le rosier fleurit dans son innocence, et l'escargot somnola dans sa maison, le monde ne le concernait pas.

Et des années passèrent.

L'escargot était terre dans la terre, le rosier était terre dans la terre. La rose du souvenir, dans le livre de cantiques, avait disparu aussi... mais au jardin fleurissaient de nouveaux rosiers, au jardin grandissaient de nouveaux escargots : ils se recroquevillaient dans leurs maisons, bavaient... le monde ne les concernait pas.

Faut-il reprendre cette histoire au début... ? Elle ne sera pas différente.

Le perce-neige

C'était l'hiver, air glacé, vent aigre, mais dans la maison, il faisait tiède et bon, dans la maison, il y avait la fleur, elle était dans son bulbe, sous la terre et la neige.

Un jour, il plut. Les gouttes percèrent la couche de neige, pénétrèrent dans la terre, atteignirent le bulbe, annoncèrent le monde lumineux d'en haut. Bientôt, le rayon de soleil se fraya un délicat passage à travers la neige jusqu'au bulbe et le piqua.

« Entrez ! dit la fleur.

— Je ne peux pas ! dit le soleil. Je ne suis pas assez fort pour ouvrir ! je serai fort cet été.

— Quand est-ce que ce sera l'été ? » demanda la fleur, et elle le répéta chaque fois qu'un nouveau rayon de soleil pénétrait. Mais on était loin de l'été. Il y avait encore de la neige, le lac se couvrait de glace toutes les nuits.

« Comme c'est long ! comme c'est long ! disait la fleur. Je sens des chatouillis et des picotis, il faut que je m'étire, il faut que je m'allonge, il faut que je m'ouvre, il faut que je sorte ! Saluer l'été, ce sera une époque délicieuse ! »

Et la fleur se tendit et s'étira dans son bulbe vers la mince enveloppe que l'eau du dehors avait amollie, que neige et terre avaient réchauffée, que les rayons de soleil avaient piquée. Elle poussa sous la neige un bouton vert clair sur sa tige verte, avec de petites feuilles épaisses qui la protégeraient, semblait-il. La neige était froide, mais irradiée de lumière, et, de plus, facile à transpercer, les rayons de soleil y arrivaient avec une force accrue.

« Bienvenue ! bienvenue ! » chantait chaque rayon, et la fleur s'éleva au-dessus de la neige pour sortir dans le monde de lumière. Les rayons de soleil la caressèrent et l'embrassèrent si bien qu'elle s'ouvrit tout entière, blanche comme neige et décorée de bandes vertes. Elle courba la tête, de joie et d'humilité.

« Charmante fleur ! chantaient les rayons du soleil. Comme tu es fraîche et pure ! Tu es la première, tu es l'unique ! Tu es notre amour ! Tu sonnes l'été, l'été ravissant sur la campagne et sur la ville ! Toute la neige va fondre ! Les vents froids seront chassés ! C'est nous qui allons régner ! Tout va verdir ! Et puis tu auras de la compagnie, lilas, cytises et pour finir les roses, mais tu es la première, si délicate et pure ! »

Ce fut un grand plaisir. Ce fut comme si l'air chantait et tintait, comme si les rayons de la lumière pénétraient ses pétales et sa tige. Elle était là, si délicate, si facile à briser et pourtant si vigoureuse dans sa jeune beauté. Elle était en robe blanche à rubans verts et rendait hommage à l'été. Mais on était loin de l'été, des nuages cachaient le soleil, des vents âpres soufflaient sur la fleur.

« Tu es venue un peu trop tôt ! » disaient le vent et l'orage. « Nous avons encore le pouvoir ! Tu vas le sentir, il faut t'en accommoder ! Tu aurais dû rester à l'intérieur, ne pas sortir parader, il n'est pas temps encore ! »

Il faisait un froid mordant ! Les jours qui vinrent n'apportèrent pas un rayon de soleil ! Il faisait un froid à vous mettre en pièces pour une petite fleur si frêle. Mais il y avait en elle plus de force qu'elle ne le savait elle-même. Elle était forte de sa foi joyeuse en l'été qui devait venir. Qui lui était annoncé dans son profond désir et renforcé par la chaude lumière du soleil, et elle restait ainsi, confiante, dans son costume blanc, dans la neige blanche, courbant la tête quand les flocons de neige tombaient, denses et lourds, tandis que les vents glaciaux passaient sur elle.

« Tu vas casser ! disaient-ils. Faner, glacer ! Qu'est-ce que tu voulais faire dehors ! Pourquoi t'es-tu laissé séduire, les rayons du soleil t'ont trompée ! Bien fait pour toi, perce-neige !

— Perce-neige », répéta-t-elle dans le matin froid.

« Perce-neige ! » crièrent joyeusement quelques enfants descendus au jardin, « en voilà un, ravissant, charmant, le premier, le seul ! »

Et ces mots firent tant de bien à la fleur, ils étaient tout aussi chauds que des rayons de soleil. La fleur ne sentit même pas, dans sa joie, qu'on la cueillait. Elle était dans la main d'un enfant, une bouche d'enfant l'embrassait, on la portait dans la maison chaude, de doux yeux la regardaient, on la mit dans l'eau, si revigorante, si vivifiante. La fleur crut que, soudain, elle était en plein été.

La fille de la maison, une mignonne petite fille, était confirmée et elle avait un petit ami cher, lui aussi était confirmé, il faisait des études en vue de gagner sa vie. « Il va être mon perce-neige ! » dit-elle. Puis elle prit la jolie fleur, la mit dans un morceau de papier parfumé sur lequel étaient écrits des vers, des vers à propos de la fleur, qui commençaient par *perce-neige* et se terminaient par *perce-neige,*

Petit ami, sois celui qui trompe l'hiver !

elle l'avait trompé sur l'été. Eh oui ! tout cela était en vers, ç'avait été disposé en forme de lettre, la fleur était dedans, il faisait noir autour d'elle, noir comme quand elle était dans son bulbe. La fleur partit en voyage, dans un sac postal, fut serrée et pressée, ce n'était pas agréable du tout. Mais cela aussi prit fin.

Le voyage s'acheva, l'ami cher ouvrit la lettre et la lut. Il fut content, il embrassa la fleur qui fut déposée, entourée de son poème, dans un tiroir où il y avait d'autres lettres charmantes, mais toutes sans fleur, c'était la première, l'unique comme l'avaient appelée les rayons du soleil, et c'était un plaisir que d'y penser.

Elle eut d'ailleurs tout loisir d'y penser, elle pensait tandis que l'été passait et que le long hiver passait, et ce fut l'été de nouveau lorsqu'elle sortit du tiroir. Mais alors, le jeune homme n'était pas content du tout. Il prit brutalement les papiers, jeta les vers, si bien que la fleur tomba par terre, aplatie et fanée. Seulement, ce n'était pas une raison pour la jeter par terre. Tout de même, elle était mieux que dans le feu, car *là*, les vers flambaient avec les lettres. Que s'était-il passé ? Ce qui se passe si souvent. La fleur l'avait dupé, c'était une plaisanterie. Elle avait choisi un autre ami à la Saint-Jean.

Au matin, le soleil brilla sur le petit perce-neige tout aplati. On aurait dit qu'il était peint sur le plancher. La bonne qui balayait le ramassa, le mit dans un des livres sur la table, croyant qu'il était tombé quand elle avait débarrassé pour mettre de l'ordre. Et de nouveau, la fleur se trouvait parmi des vers, des vers imprimés qui sont plus distingués que les vers manuscrits, du moins ont-ils coûté plus cher.

Et des années passèrent, le livre était sur l'étagère : or, on le sortit, on l'ouvrit, on le lut, c'était un bon livre : des vers et des chansons du poète danois Ambrosius Stub, qu'il vaut sûrement la peine de connaître. Et l'homme qui lisait le livre tourna la page. « Tiens ! voilà une fleur, dit-il, un perce-neige ! Si on l'a mis là, c'est que cela doit avoir un sens. Pauvre Ambrosius Stub ! lui aussi, c'était un perce-neige, une dupe de poète ! il est venu trop tôt, aussi a-t-il subi bourrasques et vents âpres, fréquentant tour à tour les seigneurs de Fionie comme fleur dans son vase, fleur dans une lettre rimée ! Perce-neige, dupe de l'hiver, plaisanterie et facéties, et pourtant le premier, l'unique, le poète danois dans la fraîcheur de la jeunesse. Eh oui ! sois une marque dans ce livre, petit perce-neige ! Ta place, ici, a un sens. »

Et le perce-neige fut remis dans le livre, il s'y sentit à la fois honoré et satisfait de savoir qu'il servait de marque dans le charmant livre de chansons et que celui qui l'avait chanté et rédigé avait aussi été un perce-neige, avait été dupe en hiver. La fleur comprenait cela à sa façon, tout comme nous comprenons chaque chose à notre façon.

Voilà le conte du perce-neige !

Ce qui arriva au chardon

Il y avait, attenant au riche manoir, un charmant jardin bien tenu, plein d'arbres rares et de fleurs. Les invités du manoir s'extasiaient là-dessus, les gens de la région, campagnards comme citadins, venaient les dimanches et jours de fête et demandaient la permission de voir le jardin, il y avait même des écoles entières pour faire une visite de ce genre.

En dehors du jardin, contre la palissade qui longeait le chemin, il y avait un énorme chardon. Il était si grand, plusieurs rameaux partant de ses racines, qu'il s'étalait, et qu'on pouvait dire que c'était un buisson de chardons. Personne ne le regardait, sauf le vieil âne qui tirait la charrette des trayeuses. Il tendait le cou vers le chardon en disant : « Tu es beau ! Je te mangerais bien ! » mais son licou n'était pas assez long pour qu'il pût y parvenir.

Il y eut grande réception au manoir, des gens de haute naissance venus de la capitale, des jeunes filles charmantes, et, parmi celles-ci, une demoiselle venue de loin. Elle venait d'Écosse, était de grande noblesse, riche d'or et de biens, il aurait sûrement valu la peine de l'épouser, disait plus d'un jeune monsieur, et les mères étaient d'accord.

La jeunesse s'ébattait sur la pelouse et jouait au croquet. Ils passaient parmi les fleurs et chacune des jeunes filles en cueillit une qu'elle mit à la boutonnière de l'un des jeunes messieurs. Mais la jeune demoiselle écossaise regarda longtemps alentour, rejetant toutes les fleurs tour à tour. Aucune ne semblait être à son goût. Alors, elle regarda par-dessus la palissade, il y avait là le gros buisson de chardons avec ses robustes fleurs bleu rouge, elle les vit, sourit et demanda au fils de la maison de lui en cueillir une.

« C'est la fleur de l'Écosse ! dit-elle. Elle brille dans les armoiries de ce pays, donnez-la-moi. »

Et il alla chercher la plus belle et se piqua les doigts comme si c'était sur l'églantier le plus épineux qu'elle avait poussé.

Elle mit la fleur de chardon à la boutonnière du jeune homme, et il se sentit grandement honoré. Chacun des autres jeunes messieurs aurait volontiers donné sa fleur de luxe pour porter celle-là et la tenir des mains délicates de la demoiselle écossaise. Et si le fils de la maison se sentait honoré, que ne ressentait pas le buisson de chardons, il était comme transpercé de soleil et de rosée.

« Je suis un peu plus que ce que je crois ! se disait-il. En fait, ma place est en deçà de la palissade, pas au-delà. On est bizarrement placé en ce monde ! Mais maintenant, j'ai quand même une de mes fleurs de l'autre côté de la palissade, et à une boutonnière en plus de ça ! »

À chacun des boutons qui sortit et s'épanouit, il raconta cet événement, et il ne se passa pas beaucoup de jours que le buisson de chardons apprit, non des gens, non du gazouillement des oiseaux, mais de l'air lui-même, qui garde et propage à la ronde les bruits des allées les plus écartées du jardin et des salles du manoir où fenêtres et portes restaient ouvertes, que le jeune monsieur qui avait reçu la fleur de chardon de la main de la délicate demoiselle écossaise avait obtenu maintenant sa main et son cœur avec. C'était un beau couple, un bon parti.

« Voilà ce que, moi, j'ai lié ! » se disait le chardon en pensant à la fleur qu'il avait donnée pour la boutonnière. Chaque fleur qui apparaissait apprenait cet événement.

« On va sûrement me planter dans le jardin, pensait le chardon, peut-être me mettre en pot qui serve, c'est sûrement ce qu'il y a de plus honorable ! »

Et le buisson de chardons y réfléchissait avec tant d'ardeur qu'il dit, tout à fait convaincu : « On va me mettre en pot ! »

Il promit à chaque petite fleur de chardon qui sortait qu'elle aussi serait mise en pot, peut-être à une boutonnière : l'apogée de ce qu'on peut atteindre. Mais aucune ne fut mise en pot, sans parler de boutonnière. Elles buvaient l'air et la lumière, léchaient le soleil pendant le jour et la rosée pendant la nuit, fleurissaient, recevaient la visite de l'abeille et du taon qui venaient chercher la dot de la fleur, le miel, mais ils prenaient le miel et ils laissaient la fleur. « Bande de voleurs ! disait le buisson de chardons. Si seulement je pouvais les embrocher ! Mais je ne peux pas ! »

Les fleurs courbaient la tête, fanaient, mais il en venait de nouvelles.

« Vous arrivez comme si on vous appelait, disait le buisson de chardons, à tout instant, je m'attends à ce que nous passions la palissade ! »

Quelques innocentes marguerites et un long pied mince de plantain écoutaient avec une profonde admiration et croyaient tout ce qu'il disait.

Le vieil âne de la charrette à lait lorgnait au bord du chemin le buisson de chardons en fleur, mais son licou était trop court pour qu'il l'atteigne.

Et le chardon pensa tant au chardon d'Écosse — il se comptait parmi sa famille — que, pour finir, il se crut venu d'Écosse et que c'étaient ses parents en personne qui avaient poussé dans les armoiries de ce royaume. C'était une grande pensée, mais un grand chardon peut bien avoir une grande pensée.

« Souvent, on est de famille si distinguée qu'il ne faut pas qu'on le sache ! » dit l'ortie qui poussait tout à côté ; elle aussi avait comme un pressentiment qu'elle pourrait devenir « ramie[1] » si on la traitait comme il faut.

Et l'été passa, et l'automne passa. Les feuilles tombèrent des arbres, les fleurs eurent des couleurs plus vives et un parfum moins fort. L'apprenti jardinier chantait dans le jardin jusqu'au-delà de la palissade :

« Pente à descendre, pente à monter,
Voilà tout le calendrier ! »

Dans la forêt, les jeunes sapins se mirent à languir de Noël, mais il y avait encore longtemps jusque-là.

« Je suis encore là ! disait le chardon. On dirait que personne ne pense à moi, c'est pourtant moi qui ai conclu le mariage. Ils ont été fiancés, ils ont célébré leurs noces, il y a huit jours maintenant. Et moi, je ne fais pas un pas parce que je ne le puis. »

Passèrent encore quelques semaines. Le chardon avait sa dernière fleur, la seule, grosse et plantureuse, elle avait poussé près de la racine. Le vent froid soufflait sur elle, ses couleurs partirent, son éclat partit, son calice, gros comme

1. Une sorte d'ortie dont les fibres peuvent servir à donner un tissu de la qualité du lin.

celui de la fleur d'artichaut, apparut comme un tournesol argenté.

Alors, le jeune couple, maintenant mari et femme, vint au jardin. Ils marchèrent le long de la palissade, la jeune dame regarda par-dessus.

« Le grand chardon est encore là, dit-elle, il n'a plus de fleurs !

— Si, voilà le fantôme de la dernière ! » dit-il en désignant le reste aux éclats argentés de la fleur, fleur lui-même.

« Mais elle est ravissante ! dit-elle. Il faut en cueillir une comme celle-là pour la mettre dans le cadre de notre portrait. »

Et de nouveau, il fallut que le jeune homme franchisse la palissade et cueille le calice du chardon. Lequel lui piqua les doigts, il l'avait appelé « fantôme », n'est-ce pas ! Et il entra au jardin, et au manoir, et dans la salle. Se trouvait là un tableau : *Les Jeunes Mariés.* À la boutonnière du marié était peinte une fleur de chardon. On parla de celle-ci et l'on parla du calice de fleur qu'ils apportaient, la dernière fleur, maintenant d'un éclat argenté, du chardon que l'on découperait pour la mettre dans le cadre.

Et l'air emporta à la ronde ses propos.

« Ce qui peut vous arriver, tout de même ! dit le buisson de chardons. Ma première-née a été mise à une boutonnière, ma dernière-née a été mise dans un cadre ! Et moi, où arriverai-je ? »

Et l'âne était au bord du chemin et lorgnait vers lui.

« Viens à moi, mon appétissante bien-aimée ! Je ne peux pas venir à toi, mon licou n'est pas assez long ! »

Mais le buisson de chardons ne répondit pas. Il était de plus en plus pensif. Il pensait, il pensa jusqu'à l'époque de Noël et, alors, sa pensée donna une fleur.

« Quand vos enfants sont bien casés, une mère s'accommode de rester au-delà de la palissade !

— Voilà une honorable pensée ! dit le rayon de soleil. Vous avez une bonne place, aussi !

— En pot ou en cadre ? demanda le chardon.

— Dans un conte ! » dit le rayon de soleil.

Le voilà !

Le jardinier et ses maîtres

À une lieue de la capitale, il y avait un vieux manoir, murs épais, tours et pignons crénelés.

Habitait là, mais seulement l'été, une riche famille de haute noblesse. Ce manoir était le meilleur et le plus beau de tous ceux qu'elle possédait. Il était comme tout neuf extérieurement et agréable et confortable à l'intérieur. Les armoiries de la famille étaient sculptées dans la pierre au-dessus du portail, de ravissantes roses s'enlaçaient autour des armoiries et, de la fenêtre en encorbellement, une vaste pelouse s'étendait devant le manoir. Il y avait de l'épine blanche et de l'épine rouge, il y avait des fleurs rares, même en dehors de la serre.

Les maîtres avaient aussi un jardinier capable. C'était un plaisir de voir le jardin, le verger et le potager. Près de ce dernier, il y avait encore un vestige de l'ancien jardin du manoir : quelques haies de buis taillées en forme de couronnes et de pyramides. Derrière se dressaient deux vieux arbres imposants. Ils étaient toujours presque défeuillés et l'on aurait facilement pu croire qu'un vent d'orage ou une trombe d'eau les avaient parsemés de gros blocs de fumier ; or chaque bloc était un nid d'oiseau.

Habitaient là depuis des temps immémoriaux une foule de freux et de corneilles : c'était une vraie ville d'oiseaux et ces oiseaux étaient les maîtres, les possesseurs de la propriété, la plus ancienne génération du manoir, les vrais maîtres du domaine. Aucune des personnes d'en bas ne les concernait, mais ils toléraient ces créatures marchant bas, bien que celles-ci, parfois, donnent des coups de fusil à vous démanger la colonne vertébrale, si bien que cela faisait s'envoler chaque oiseau épouvanté en criant : « Kra ! kra ! »

Le jardinier parlait souvent à ses maîtres de faire abattre les vieux arbres, ils n'avaient pas bon air, et s'ils disparaissaient, on serait vraisemblablement débarrassé de ces oiseaux criards, ils iraient chercher ailleurs. Mais les maîtres ne voulaient renoncer ni aux arbres ni à la multitude d'oiseaux, c'étaient des choses que le domaine ne pouvait pas perdre, des choses de l'ancien temps, et il ne fallait pas effacer cela complètement.

« Ces arbres, c'est le patrimoine des oiseaux, qu'ils le gardent, mon bon Larsen ! »

Le jardinier s'appelait Larsen, mais évidemment, cela n'a pas tellement d'importance ici.

« N'avez-vous pas, mon cher Larsen, un champ d'action suffisant ? Tout le jardin, les serres, le verger et le potager ! »

Ils étaient à lui, il s'en occupait, les soignait et les entretenait avec ardeur et compétence, ses maîtres en convenaient, mais ils ne lui cachaient pas que, dans d'autres maisons, ils mangeaient des fruits et voyaient des fleurs qui surpassaient ce qu'ils avaient dans leur jardin, et cela attristait le jardinier car il avait la meilleure volonté et faisait de son mieux. Il avait bon cœur, était bon employé.

Un jour, les maîtres le firent appeler et lui dirent avec toute la douceur et l'autorité requises que, la veille, chez des amis distingués, on leur avait donné des pommes et des poires si juteuses, si savoureuses qu'eux-mêmes et tous les invités s'étaient récriés d'admiration. Certes, ces fruits n'étaient pas du pays, mais on devrait les introduire, les acclimater ici si notre climat le permettait. On savait qu'ils avaient été achetés en ville chez le meilleur marchand de fruits, le jardinier irait s'informer d'où provenaient ces pommes et ces poires, et commander des greffons.

Le jardinier connaissait bien le marchand de fruits, c'était précisément à lui qu'il vendait, de la part de ses maîtres, l'excédent de fruits qui poussaient au jardin du manoir.

Et le jardinier se rendit en ville et demanda au marchand de fruits d'où il tenait ces pommes et ces poires tant appréciées.

« Elles viennent de votre propre jardin ! » dit le marchand de fruits en lui montrant et des pommes et des poires que le jardinier reconnut.

Oh ! comme il fut content, le jardinier ! Il se dépêcha d'aller dire à ses maîtres que les pommes, comme les poires, étaient de leur propre jardin.

Ses maîtres ne parvenaient absolument pas à le croire.

« Ce n'est pas possible, Larsen ! Pouvez-vous obtenir une attestation écrite du marchand de fruits ? »

Et il le put, il apporta une attestation écrite.

« C'est extraordinaire ! » dirent les maîtres.

Alors, chaque jour, il y eut à la table des maîtres de grandes coupes de ces pommes et poires magnifiques venues de leur propre jardin. On envoya de ces fruits par boisseaux et par tonneaux à des amis en ville et en dehors de la ville, et même à l'étranger. C'était un vrai plaisir ! Il fallait ajouter, toutefois, qu'il y avait eu deux étés particulièrement bons pour les arbres fruitiers, ils avaient bien réussi partout dans le pays.

Un certain temps passa. Les maîtres furent à un dîner à la Cour. Le lendemain, le jardinier fut convoqué par ses maîtres. On leur avait servi des melons si juteux, si savoureux qui venaient de la serre de Sa Majesté !

« Il faut aller trouver le jardinier de la Cour, mon bon Larsen, et nous procurer quelques pépins de ces précieux melons !

— Mais le jardinier de la Cour tient ces graines de nous ! » dit le jardinier, tout réjoui.

« Alors, cet homme a su porter ces fruits à un très haut point ! répondirent les maîtres. Chacun de ces melons était excellent !

— Eh bien, alors, je peux être fier ! dit le jardinier. Je vous dirai, gracieux seigneur, que le jardinier du château n'a pas eu de chance avec ses melons pendant des années, et comme il a vu à quel point les nôtres étaient magnifiques, il les a goûtés et en a commandé trois pour le château.

— Larsen ! N'allez pas vous imaginer que c'étaient des melons de notre jardin !

— Je crois que si ! » dit le jardinier qui alla trouver le jardinier du château et obtint de lui une attestation écrite disant que les melons de la table du roi provenaient du manoir.

Ce fut vraiment une surprise pour les maîtres, ils ne gardèrent pas l'histoire secrète, ils montrèrent l'attestation, et même, on envoya des pépins de melon un peu partout, tout comme, précédemment, les greffons.

On apprit que ces graines réussissaient, avaient donné des fruits tout à fait remarquables que l'on appelait d'après le manoir des maîtres en sorte que, maintenant, on pouvait lire ce nom en anglais, en allemand et en français.

Chose qu'on n'aurait jamais imaginée auparavant.

« Pourvu que le jardinier ne se fasse pas une

trop haute idée de lui-même ! » dirent les maîtres.

Il prit la chose d'une autre façon : il voulait maintenant s'efforcer de faire valoir son nom comme celui d'un des meilleurs jardiniers du pays, essayer chaque année de produire un spécimen de premier ordre de toutes les plantes du jardin, et c'est ce qu'il fit. Pourtant, il entendait souvent dire que les tout premiers fruits qu'il avait produits, les pommes et les poires, étaient les meilleurs, en fait, toutes les espèces qui étaient venues ensuite étaient bien inférieures. Assurément, les melons avaient été très bons, mais ce n'était pas du tout du même genre, bien entendu. On pouvait trouver les fraises excellentes, mais pas meilleures, toutefois, que celles des autres maîtres, et lorsqu'une année les radis ne réussirent pas, on ne parla que de ces malheureux radis et pas des autres bonnes choses qui avaient été produites.

On aurait cru que les maîtres étaient presque soulagés de dire :

« Ça n'a pas marché cette année, mon cher Larsen ! » Ils étaient tout contents de pouvoir dire : « Ça n'a pas marché cette année ! »

Deux ou trois fois par semaine, le jardinier apportait des fleurs fraîches au salon, toujours arrangées avec goût. À être disposées ensemble, les couleurs prenaient une lumière plus vive, pour ainsi dire.

« Vous avez du goût, Larsen, dirent les maîtres, c'est un don qui vous est fait par Notre-Seigneur, pas par vous-même ! »

Un jour, le jardinier apporta une grande coupe de cristal où il y avait une fleur de nénuphar. Était posée dessus, sa grosse et longue tige trempant dans l'eau, une splendide fleur bleue grosse comme un tournesol.

« Le lotus de l'Hindoustan ! » s'écrièrent les maîtres.

Ils n'avaient jamais vu une pareille fleur. Dans la journée, on la mit au soleil et le soir, en pleine lumière. Tous ceux qui la voyaient la trouvaient d'une beauté et d'une rareté extraordinaires, c'est ce que dit même la plus éminente des jeunes dames du pays, elle était princesse. Elle était sage et avait bon cœur.

Les maîtres se firent un honneur de lui offrir une fleur, et la princesse l'emporta au château.

Les maîtres descendirent alors au jardin pour cueillir une fleur de la même espèce, s'il s'en trouvait encore, mais il n'y en avait pas. Alors ils appelèrent le jardinier et demandèrent d'où il tenait le lotus bleu.

« Nous l'avons cherché en vain, dirent-ils. Nous sommes allés dans les serres et partout dans le jardin !

— Non, elle n'y est pas, assurément ! dit le jardinier. Ce n'est qu'une modeste fleur du potager ! mais comme elle est belle, n'est-ce pas ? On dirait que c'est un cactus bleu et, pourtant, ce n'est que la fleur de l'artichaut !

— Vous auriez dû nous le dire tout de suite ! dirent les maîtres. Nous avons pensé que c'était une fleur étrangère et rare. Vous nous avez gravement compromis aux yeux de la jeune princesse ! Elle a vu cette fleur chez nous, elle l'a trouvée belle, elle ne la connaissait pas et elle est très forte en botanique, mais cette science n'a rien à voir avec les plantes potagères. Comment l'idée a-t-elle pu vous venir, mon bon Larsen, de monter une pareille fleur au salon ? Il y a de quoi nous rendre ridicules ! »

Et la belle fleur d'apparat bleue qui venait du potager fut retirée du salon où elle n'avait pas sa place, et même les maîtres firent des excuses à la princesse en disant que cette fleur n'était qu'une plante potagère que le jardinier avait eu l'idée de mettre en valeur, mais qu'à cause de cela il avait été sérieusement réprimandé.

« Quel dommage et quelle injustice ! dit la princesse. Il nous a ouvert les yeux sur une fleur magnifique que nous n'avions simplement pas remarquée, il nous a montré de la splendeur là où nous n'avions pas eu l'idée de la chercher ! Le jardinier du château m'en apportera chaque jour une dans ma chambre, tant que les artichauts seront en fleur ! »

Et ainsi fut fait.

Les maîtres firent dire au jardinier qu'il pouvait leur apporter de nouveau une fleur d'artichaut.

« Au fond, elle est belle, dirent-ils, tout à fait extraordinaire ! » Et le jardinier fut complimenté.

« Il aime bien ça, Larsen ! dirent les maîtres. C'est un enfant gâté. »

En automne, il y eut un orage épouvantable. Tard dans la nuit, il grossit si violemment que beaucoup de grands arbres, à l'orée de la forêt, furent déracinés, et qu'au grand chagrin des maîtres, chagrin selon eux mais joie pour le jardinier, les deux grands arbres furent abattus avec tous les nids d'oiseaux. On entendit dans l'orage crier les freux et les corneilles, ils frappèrent les carreaux de leurs ailes, dirent les gens du domaine.

« Eh bien, maintenant, vous voilà content, Larsen ! dirent les maîtres. L'orage a abattu les arbres et les oiseaux se sont réfugiés dans la forêt. On ne voit plus rien ici de l'ancien temps. Tout signe, toute allusion ont disparu ! cela nous a fait de la peine. »

Le jardinier ne dit rien, mais il pensa à ce qu'il avait longtemps médité : utiliser comme il faut la magnifique place au soleil dont il ne disposait pas auparavant. Ce serait la parure du jardin et la joie de ses maîtres.

Les grands arbres renversés par le vent avaient broyé et écrasé les haies de buis antiques et taillés. Il planta là un fourré de plantes, plantes des champs et des bois de ce pays.

Ce qu'aucun autre jardinier n'avait pensé à planter à profusion dans le jardin de ses maîtres, il le mit là, chaque plante dans la terre qu'il lui fallait, à l'ombre ou au soleil selon les besoins de chaque sorte. Il les soignait avec amour et elles poussaient dans la splendeur.

Le buisson de genévrier de la lande jutlandaise s'élevait, de mêmes formes et couleurs que le cyprès d'Italie, le houx épineux et luisant, toujours vert dans le froid de l'hiver comme au soleil d'été, était ravissant à voir. Devant poussaient les fougères, toutes sortes d'espèces différentes, certaines avaient l'air d'être enfants du palmier, d'autres, de parents de la charmante plante délicate que nous appelons cheveux de Vénus. Il y avait là de la bardane méprisée qui est si belle dans sa fraîcheur que l'on peut en faire un bouquet. La bardane était au sec, mais plus bas, dans le sol plus humide, poussait l'oseille, elle aussi une plante méprisée et pourtant d'une beauté si pittoresque par sa taille et sa feuille imposante. Haute d'une toise, couverte de fleurs, comme un impressionnant candélabre aux nombreuses branches, s'élevait la molène, plantée dans le champ. Il y avait des muguets des bois, des primevères et des lis des bois, de l'arum sauvage et de la délicate surelle à trois feuilles, c'était ravissant à voir.

Devant, soutenus par des fils de fer, poussaient en lignes de petits poiriers venus de

France. Bien soignés et ensoleillés, ils portèrent bientôt de gros fruits juteux comme dans leur pays d'origine.

À la place des deux vieux arbres sans feuilles fut dressé un grand mât où flottait le Dannebrog, et tout près, un mât encore, où, en été et en automne, le houblon s'enlaçait avec ses boules de fleurs odorantes mais où, en hiver, selon l'ancienne coutume, on accrochait une gerbe d'avoine pour que les oiseaux du ciel aient à manger dans la joie de Noël.

« Ce bon Larsen devient sentimental sur ses vieux jours ! dirent les maîtres. Mais il nous est fidèle et dévoué ! »

Pour le Nouvel An parut, dans un des journaux illustrés de la capitale, un tableau du vieux manoir. On voyait le mât au drapeau et la gerbe d'avoine pour les oiseaux du ciel dans la joie de Noël, et l'on rapportait, comme une belle pensée que l'on aurait fait valoir et honorer, la vieille coutume, si caractéristique précisément de ce vieux domaine.

« Tout ce que fait ce Larsen, dirent les maîtres, on le proclame au son du tambour. C'est un homme heureux ! Pour un peu, il faudrait que nous soyons fiers de l'avoir ! »

Mais ils n'en étaient pas fiers du tout ! Ils sentaient qu'ils étaient les maîtres, qu'ils pouvaient renvoyer Larsen, mais ils ne le firent pas, c'étaient de bonnes gens et, de leur espèce, il y a tant de bonnes gens, et c'est heureux pour tous les Larsen.

Voilà, c'est l'histoire du « Jardinier et ses maîtres ».

Tu n'as plus qu'à y réfléchir !

DÉCOUVREZ LES FOLIO 2 €

Parutions de janvier 2011

Ryûnosuke AKUTAGAWA — *La vie d'un idiot* précédé d'*Engrenage*

Deux nouvelles posthumes de ce grand auteur de la littérature japonaise, terribles pages qui préparent la mise en scène de son suicide…

ANONYME — *Saga d'Eiríkr le Rouge* suivi de *Saga des Groenlandais*

Le nom d'Eiríkr le Rouge évoque l'aventure, la bravoure, la magie des Vikings et les découvertes des contrées sauvages du Grand Nord…

Antoine BELLO — *Go Ganymède !*

Avec une intelligence diabolique et un humour corrosif, cette nouvelle d'anticipation illustre les enjeux et l'absurdité de la conquête spatiale.

Adalbert von CHAMISSO — *L'étrange histoire de Peter Schlemihl*

Vendre son âme au Diable… un des thèmes fondateurs du romantisme allemand, à découvrir dans ce texte pétillant d'une étonnante modernité.

COLLECTIF — *L'art du baiser.* Les plus beaux baisers de la littérature

Baisers timides, tremblants, baisers fougueux, voluptueux, brûlants…
D'Ovide, Shakespeare… à David Foenkinos ou Philippe Forest : laissez-vous emporter par ces baisers qui donnent envie de tomber amoureux.

Alexandre DUMAS — *La main droite du sire de Giac* et autres nouvelles

Le Diable n'est jamais très loin dans ces nouvelles de Dumas. Il joue des faiblesses des hommes pour leur faire commettre l'irréparable.

Guy GOFFETTE — *Les derniers planteurs de fumée*

Souvenirs, portraits d'un vagabond furtif, ces courts récits s'offrent comme une variation musicale autour du mot de Rimbaud : « On ne part pas. »

H. P. LOVECRAFT *L'horreur de Dunwich*
Verrouillez les portes, calfeutrez les fenêtres et allumez toutes les lumières avant d'ouvrir ce livre...

Léon TOLSTOÏ *Le Diable*
Peut-on résister aux tentations de la chair ? Tolstoï nous dresse un tableau diabolique de la sensualité.

Edith WHARTON *Le miroir* suivi de *Miss Mary Pask*
Spiritisme, apparition de fantômes, messages de l'au-delà... Edith Wharton révèle avec un humour piquant que les fantômes ne survivent que dans l'imagination de ceux qui les évoquent.

Dans la même collection

M. D'AGOULT *Premières années* (Folio n° 4875)

R. AKUTAGAWA *Rashômon* et autres contes (Folio n° 3931)

E. ALMASSY *Petit éloge des petites filles* (Folio n° 4953)

AMARU *La Centurie. Poèmes amoureux de l'Inde ancienne* (Folio n° 4549)

P. AMINE *Petit éloge de la colère* (Folio n° 4786)

M. AMIS *L'état de l'Angleterre* précédé de *Nouvelle carrière* (Folio n° 3865)

H. C. ANDERSEN *L'elfe de la rose* et autres contes du jardin (Folio n° 4192)

H. C. ANDERSEN *La Vierge des glaces* (Folio n° 5120)

ANONYME *Ma'rûf le savetier.* Un conte des *Mille et Une Nuits* (Folio n° 4317)

ANONYME *Le Petit-Fils d'Hercule* (Folio n° 5010)

ANONYME *Le poisson de jade et l'épingle au phénix* (Folio n° 3961)

ANONYME *Saga de Gísli Súrsson* (Folio n° 4098)

G. APOLLINAIRE	*Les Exploits d'un jeune don Juan* (Folio n° 3757)
ARAGON	*Le collaborateur* et autres nouvelles (Folio n° 3618)
I. ASIMOV	*Mortelle est la nuit* précédé de *Chante-cloche* (Folio n° 4039)
S. AUDEGUY	*Petit éloge de la douceur* (Folio n° 4618)
AUGUSTIN (SAINT)	*La Création du monde et le Temps* suivi de *Le Ciel et la Terre* (Folio n° 4322)
MADAME D'AULNOY	*La Princesse Belle Étoile et le prince Chéri* (Folio n° 4709)
J. AUSTEN	*Lady Susan* (Folio n° 4396)
M. AYMÉ	*La bonne peinture* (Folio n° 5011)
H. DE BALZAC	*La Fausse Maîtresse* (Folio n° 5063)
H. DE BALZAC	*L'Auberge rouge* (Folio n° 4106)
H. DE BALZAC	*Les dangers de l'inconduite* (Folio n° 4441)
É. BARILLÉ	*Petit éloge du sensible* (Folio n° 4787)
J. BARNES	*À jamais* et autres nouvelles (Folio n° 4839)
F. BARTELT	*Petit éloge de la vie de tous les jours* (Folio n° 4954)
S. DE BEAUVOIR	*La Femme indépendante* (Folio n° 4669)
T. BENACQUISTA	*La boîte noire* et autres nouvelles (Folio n° 3619)
K. BLIXEN	*L'éternelle histoire* (Folio n° 3692)
K. BLIXEN	*Saison à Copenhague* (Folio n° 4911)
BOILEAU-NARCEJAC	*Au bois dormant* (Folio n° 4387)
M. BOULGAKOV	*Endiablade* (Folio n° 3962)

M. BOULGAKOV	*J'ai tué* et autres récits (Folio n° 5012)
P. BOWLES	*L'éducation de Malika* (Folio n° 5121)
R. BRADBURY	*Le meilleur des mondes possibles* et autres nouvelles (Folio n° 5062)
R. BRADBURY	*Meurtres en douceur* et autres nouvelles (Folio n° 4143)
L. BROWN	*92 jours* (Folio n° 3866)
S. BRUSSOLO	*Trajets et itinéraires de l'oubli* (Folio n° 3786)
R. CAILLOIS	*Noé* et autres textes (Folio n° 4955)
J. M. CAIN	*Faux en écritures* (Folio n° 3787)
MADAME CAMPAN	*Mémoires sur la vie privée de Marie-Antoinette* (Folio n° 4519)
A. CAMUS	*Jonas ou l'artiste au travail* suivi de *La pierre qui pousse* (Folio n° 3788)
A. CAMUS	*L'été* (Folio n° 4388)
T. CAPOTE	*Cercueils sur mesure* (Folio n° 3621)
T. CAPOTE	*Monsieur Maléfique* et autres nouvelles (Folio n° 4099)
A. CARPENTIER	*Les élus* et autres nouvelles (Folio n° 3963)
CASANOVA	*Madame F.* suivi de *Henriette* (Folio n° 4956)
M. DE CERVANTÈS	*La petite gitane* (Folio n° 4273)
R. CHANDLER	*Un mordu* (Folio n° 3926)
I. DE CHARRIÈRE	*Sir Walter Finch et son fils William* (Folio n° 4708)
J. CHEEVER	*Une Américaine instruite* précédé de *Adieu, mon frère* (Folio n° 4840)
G. K. CHESTERTON	*Trois enquêtes du Père Brown* (Folio n° 4275)
E. M. CIORAN	*Ébauches de vertige* (Folio n° 4100)
COLLECTIF	*Au bonheur de lire* (Folio n° 4040)

COLLECTIF	*Au pied du sapin* (Folio n° 5122)
COLLECTIF	*« Dansons autour du chaudron »* (Folio n° 4274)
COLLECTIF	*Des mots à la bouche* (Folio n° 3927)
COLLECTIF	*« Il pleut des étoiles »* (Folio n° 3864)
COLLECTIF	*« Leurs yeux se rencontrèrent... »* (Folio n° 3785)
COLLECTIF	*L'œil du serpent.* Contes folkloriques japonais (Folio n° 5060)
COLLECTIF	*« Ma chère Maman... »* (Folio n° 3701)
COLLECTIF	*« Mon cher Papa... »* (Folio n° 4550)
COLLECTIF	*« Mourir pour toi »* (Folio n° 4191)
COLLECTIF	*« Parce que c'était lui ; parce que c'était moi »* (Folio n° 4097)
COLLECTIF	*« Que je vous aime, que je t'aime ! »* (Folio n° 4841)
COLLECTIF	*Sur le zinc* (Folio n° 4781)
COLLECTIF	*Un ange passe* (Folio n° 3964)
COLLECTIF	*1, 2, 3... bonheur !* (Folio n° 4442)
A. CONAN DOYLE	*L'interprète grec* et autres aventures de Sherlock Holmes (Folio n° 5013)
A. CONAN DOYLE	*Une affaire d'identité* et autres aventures de Sherlock Holmes (Folio n° 5015)
CONFUCIUS	*Les Entretiens* (Folio n° 4145)
J. CONRAD	*Jeunesse* (Folio n° 3743)
J. CONRAD	*Le retour* (Folio n° 4737)
F. CONROY	*Le cas mystérieux de R.* et autres nouvelles (Folio n° 5014)
B. CONSTANT	*Le Cahier rouge* (Folio n° 4639)
J. CORTÁZAR	*L'homme à l'affût* (Folio n° 3693)

J. CORTÁZAR	*La porte condamnée* et autres nouvelles fantastiques (Folio n° 4912)
J. CRUMLEY	*Tout le monde peut écrire une chanson triste* et autres nouvelles (Folio n° 4443)
D. DAENINCKX	*Ceinture rouge* précédé de *Corvée de bois* (Folio n° 4146)
D. DAENINCKX	*Leurre de vérité* et autres nouvelles (Folio n° 3632)
D. DAENINCKX	*Petit éloge des faits divers* (Folio n° 4788)
R. DAHL	*Gelée royale* précédé de *William et Mary* (Folio n° 4041)
R. DAHL	*L'invité* (Folio n° 3694)
R. DAHL	*Le chien de Claude* (Folio n° 4738)
S. DALI	*Les moustaches radar (1955-1960)* (Folio n° 4101)
V. DELECROIX	*Petit éloge de l'ironie* (Folio n° 5123)
M. DÉON	*Une affiche bleue et blanche* et autres nouvelles (Folio n° 3754)
R. DEPESTRE	*L'œillet ensorcelé* et autres nouvelles (Folio n° 4318)
R. DETAMBEL	*Petit éloge de la peau* (Folio n° 4482)
P. K. DICK	*Ce que disent les morts* (Folio n° 4389)
P. K. DICK	*Petit déjeuner au crépuscule* et autres nouvelles (Folio n° 5124)
D. DIDEROT	*Lettre sur les aveugles à l'usage de ceux qui voient* (Folio n° 4042)
F. DOSTOÏEVSKI	*La femme d'un autre et le mari sous le lit* (Folio n° 4739)
R. DUBILLARD	*Confession d'un fumeur de tabac français* (Folio n° 3965)
A. DUMAS	*La Dame pâle* (Folio n° 4390)

I. EBERHARDT	*Amours nomades* (Folio n° 4710)
M. ELIADE	*Incognito à Buchenwald...* précédé de *Adieu !...* (Folio n° 4913)
M. EMBARECK	*Le temps des citrons* (Folio n° 4596)
S. ENDO	*Le dernier souper* et autres nouvelles (Folio n° 3867)
ÉPICTÈTE	*De la liberté* précédé de *De la profession de Cynique* (Folio n° 4193)
W. FAULKNER	*Le Caïd* et autres nouvelles (Folio n° 4147)
W. FAULKNER	*Une rose pour Emily* et autres nouvelles (Folio n° 3758)
C. FÉREY	*Petit éloge de l'excès* (Folio n° 4483)
F. S. FITZGERALD	*L'étrange histoire de Benjamin Button* suivi de *La lie du bonheur* (Folio n° 4782)
F. S. FITZGERALD	*La Sorcière rousse* précédé de *La coupe de cristal taillé* (Folio n° 3622)
F. S. FITZGERALD	*Une vie parfaite* suivi de *L'accordeur* (Folio n° 4276)
É. FOTTORINO	*Petit éloge de la bicyclette* (Folio n° 4619)
C. FUENTES	*Apollon et les putains* (Folio n° 3928)
C. FUENTES	*La Desdichada* (Folio n° 4640)
GANDHI	*La voie de la non-violence* (Folio n° 4148)
F. GARCÍA LORCA	*Romancero gitan* suivi de *Chant funèbre pour Ignacio Sanchez Mejias* (Folio n° 5061)
R. GARY	*Les trésors de la mer Rouge* (Folio n° 4914)
R. GARY	*Une page d'histoire* et autres nouvelles (Folio n° 3753)

J.-B. GENDARME	*Petit éloge des voisins* (Folio n° 5125)
MADAME DE GENLIS	*La Femme auteur* (Folio n° 4520)
A. GIDE	*Souvenirs de la cour d'assises* (Folio n° 4842)
J. GIONO	*Arcadie... Arcadie...* précédé de *La pierre* (Folio n° 3623)
J. GIONO	*Notes sur l'affaire Dominici* suivi de *Essai sur le caractère des personnages* (Folio n° 4843)
J. GIONO	*Prélude de Pan* et autres nouvelles (Folio n° 4277)
V. GOBY	*Petit éloge des grandes villes* (Folio n° 4620)
N. GOGOL	*Une terrible vengeance* (Folio n° 4395)
W. GOLDING	*L'envoyé extraordinaire* (Folio n° 4445)
W. GOMBROWICZ	*Le festin chez la comtesse Fritouille* et autres nouvelles (Folio n° 3789)
H. GUIBERT	*La chair fraîche* et autres textes (Folio n° 3755)
E. HEMINGWAY	*L'étrange contrée* (Folio n° 3790)
E. HEMINGWAY	*Histoire naturelle des morts* et autres nouvelles (Folio n° 4194)
E. HEMINGWAY	*La capitale du monde* suivi de *L'heure triomphale de Francis Macomber* (Folio n° 4740)
C. HIMES	*Le fantôme de Rufus Jones* et autres nouvelles (Folio n° 4102)
E. T. A. HOFFMANN	*Le Vase d'or* (Folio n° 3791)
A. HUXLEY	*Le jeune Archimède* précédé de *Les Claxton* (Folio n° 4915)
J.-K. HUYSMANS	*Sac au dos* suivi de *À vau l'eau* (Folio n° 4551)
P. ISTRATI	*Mes départs* (Folio n° 4195)

H. JAMES	*Daisy Miller* (Folio n° 3624)
H. JAMES	*Le menteur* (Folio n° 4319)
H. JAMES	*De Grey, histoire romantique* (Folio n° 4957)
R. JAUFFRET	*Ce que c'est que l'amour* et autres microfictions (Folio n° 4916)
JI YUN	*Des nouvelles de l'au-delà* (Folio n° 4326)
T. JONQUET	*La folle aventure des Bleus...* suivi de *DRH* (Folio n° 3966)
F. KAFKA	*Lettre au père* (Folio n° 3625)
P. KÉCHICHIAN	*Petit éloge du catholicisme* (Folio n° 4958)
J. KEROUAC	*Le vagabond américain en voie de disparition* précédé de *Grand voyage en Europe* (Folio n° 3694)
J. KESSEL	*Makhno et sa juive* (Folio n° 3626)
J. KESSEL	*Une balle perdue* (Folio n° 4917)
R. KIPLING	*La marque de la Bête* et autres nouvelles (Folio n° 3753)
N. KUPERMAN	*Petit éloge de la haine* (Folio n° 4789)
J.-M. LACLAVETINE	*Petit éloge du temps présent* (Folio n° 4484)
MADAME DE LAFAYETTE	*Histoire de la princesse de Montpensier* et autres nouvelles (Folio n° 4876)
J. DE LA FONTAINE	*Comment l'esprit vient aux filles* et autres contes libertins (Folio n° 4844)
LAO SHE	*Histoire de ma vie* (Folio n° 3627)
LAO SHE	*Le nouvel inspecteur* suivi de *Le croissant de lune* (Folio n° 4783)
LAO-TSEU	*Tao-tö king* (Folio n° 3696)

V. LARBAUD	*Mon plus secret conseil...* (Folio n° 4553)
B. LECLAIR	*Petit éloge de la paternité* (Folio n° 5126)
J. M. G. LE CLÉZIO	*Peuple du ciel* suivi de *Les bergers* (Folio n° 3792)
M. LERMONTOV	*La Princesse Ligovskoï* (Folio n° 4959)
LIE-TSEU	*Sur le destin* et autres textes (Folio n° 4918)
J. LONDON	*La piste des soleils* et autres nouvelles (Folio n° 4320)
P. LOTI	*Les trois dames de la Kasbah* suivi de *Suleïma* (Folio n° 4446)
H. P. LOVECRAFT	*La peur qui rôde* et autres nouvelles (Folio n° 4194)
H. P. LOVECRAFT	*Celui qui chuchotait dans les ténèbres* (Folio n° 4741)
P. MAGNAN	*L'arbre* (Folio n° 3697)
K. MANSFIELD	*Mariage à la mode* précédé de *La Baie* (Folio n° 4278)
MARC AURÈLE	*Pensées (Livres I-VI)* (Folio n° 4447)
MARC AURÈLE	*Pensées (Livres VII-XII)* (Folio n° 4552)
G. DE MAUPASSANT	*Apparition* et autres contes de l'étrange (Folio n° 4784)
G. DE MAUPASSANT	*Le Verrou* et autres contes grivois (Folio n° 4149)
I. McEWAN	*Psychopolis* et autres nouvelles (Folio n° 3628)
H. MELVILLE	*Les Encantadas, ou Îles Enchantées* (Folio n° 4391)
P. MICHON	*Vie du père Foucault – Vie de Georges Bandy* (Folio n° 4279)

H. MILLER	*Lire aux cabinets* précédé de *Ils étaient vivants et ils m'ont parlé* (Folio n° 4554)
H. MILLER	*Plongée dans la vie nocturne…* précédé de *La boutique du Tailleur* (Folio n° 3929)
R. MILLET	*Petit éloge d'un solitaire* (Folio n° 4485)
S. MINOT	*Une vie passionnante* et autres nouvelles (Folio n° 3967)
Y. MISHIMA	*Dojoji* et autres nouvelles (Folio n° 3629)
Y. MISHIMA	*Martyre* précédé de *Ken* (Folio n° 4043)
Y. MISHIMA	*Papillon* suivi de *La lionne* (Folio n° 4845)
M. DE MONTAIGNE	*De la vanité* (Folio n° 3793)
E. MORANTE	*Donna Amalia* et autres nouvelles (Folio n° 4044)
A. DE MUSSET	*Emmeline* suivi de *Croisilles* (Folio n° 4555)
A. DE MUSSET - G. SAND	*« Ô mon George, ma belle maîtresse... »* (Folio n° 5127)
V. NABOKOV	*Un coup d'aile* suivi de *La Vénitienne* (Folio n° 3930)
I. NÉMIROVSKY	*Ida* suivi de *La comédie bourgeoise* (Folio n° 4556)
P. NERUDA	*La solitude lumineuse* (Folio n° 4103)
G. DE NERVAL	*Pandora* et autres nouvelles (Folio n° 4742)
F. NIWA	*L'âge des méchancetés* (Folio n° 4444)
G. OBIÉGLY	*Petit éloge de la jalousie* (Folio n° 4621)

F. O'CONNOR *Un heureux événement* suivi de *La Personne Déplacée* (Folio n° 4280)

K. OÉ *Gibier d'élevage* (Folio n° 3752)

J. C. ONETTI *À une tombe anonyme* (Folio n° 4743)

L. OULITSKAÏA *La maison de Lialia* et autres nouvelles (Folio n° 4045)

C. PAVESE *Histoire secrète* et autres nouvelles (Folio n° 5016)

C. PAVESE *Terre d'exil* et autres nouvelles (Folio n° 3868)

P. PÉJU *L'idiot de Shangai* et autres nouvelles (Folio n° 4960)

C. PELLETIER *Intimités* et autres nouvelles (Folio n° 4281)

P. PELOT *Petit éloge de l'enfance* (Folio n° 4392)

PIDANSAT DE MAIROBERT *Confession d'une jeune fille* (Folio n° 4392)

L. PIRANDELLO *Première nuit* et autres nouvelles (Folio n° 3794)

E. A. POE *Aventure sans pareille d'un certain Hans Pfaall* (Folio n° 3862)

E. A. POE *Petite discussion avec une momie* et autres histoires extraordinaires (Folio n° 4558)

G. POLET *Petit éloge de la gourmandise* (Folio n° 5128)

J.-B. POUY *La mauvaise graine* et autres nouvelles (Folio n° 4321)

M. PROUST *L'affaire Lemoine* (Folio n° 4325)

M. PROUST *La fin de la jalousie* et autres nouvelles (Folio n° 4790)

QIAN ZHONGSHU *Pensée fidèle* suivi de *Inspiration* (Folio n° 4324)

R. RENDELL *L'Arbousier* (Folio n° 3620)

J. RHYS *À septembre, Petronella* suivi de *Qu'ils appellent ça du jazz* (Folio n° 4448)

MADAME RICCOBONI *Histoire de M. le marquis de Cressy* (Folio n° 4877)

R. M. RILKE *Au fil de la vie* (Folio n° 4557)

MADAME ROLAND *Enfance* (Folio n° 5064)

P. ROTH *L'habit ne fait pas le moine* précédé de *Défenseur de la foi* (Folio n° 3630)

J.-J. ROUSSEAU *« En méditant sur les dispositions de mon âme... »* et autres *Rêveries* suivi de *Mon portrait* (Folio n° 5065)

D. A. F. DE SADE *Ernestine. Nouvelle suédoise* (Folio n° 3698)

D. A. F. DE SADE *Eugénie de Franval* (Folio n° 4785)

D. A. F. DE SADE *La Philosophie dans le boudoir* (Les quatre premiers dialogues) (Folio n° 4150)

A. DE SAINT-EXUPÉRY *Lettre à un otage* (Folio n° 4104)

G. SAND *Pauline* (Folio n° 4522)

B. SANSAL *Petit éloge de la mémoire* (Folio n° 4486)

J.-P. SARTRE *L'enfance d'un chef* (Folio n° 3932)

B. SCHLINK *La circoncision* (Folio n° 3869)

B. SCHULZ *Le printemps* (Folio n° 4323)

L. SCIASCIA *Mort de l'Inquisiteur* (Folio n° 3631)

COMTESSE DE SÉGUR *Ourson* (Folio n° 5066)

SÉNÈQUE — *De la constance du sage* suivi de *De la tranquillité de l'âme* (Folio n° 3933)

MADAME DE SÉVIGNÉ — *« Je vous écris tous les jours... »* (Folio n° 4878)

D. SHAHAR — *La moustache du pape* et autres nouvelles (Folio n° 4597)

G. SIMENON — *L'énigme de la* Marie-Galante (Folio n° 3863)

D. SIMMONS — *Les Fosses d'Iverson* (Folio n° 3968)

J. B. SINGER — *La destruction de Kreshev* (Folio n° 3871)

P. SOLLERS — *Liberté du XVIII*ème (Folio n° 3756)

MADAME DE STAËL — *Trois nouvelles* (Folio n° 4879)

G. STEIN — *La brave Anna* (Folio n° 4449)

J. STEINBECK — *Le meurtre* et autres nouvelles (Folio n° 4846)

STENDHAL — *Féder ou Le Mari d'argent* (Folio n° 4197)

R. L. STEVENSON — *La Chaussée des Merry Men* (Folio n° 4744)

R. L. STEVENSON — *Le Club du suicide* (Folio n° 3934)

I. SVEVO — *L'assassinat de la Via Belpoggio* et autres nouvelles (Folio n° 4151)

B. SVIT — *Petit éloge de la rupture* (Folio n° 4961)

G. SWIFT — *Le sérail* et autres nouvelles (Folio n° 5017)

R. TAGORE — *Aux bords du Gange* et autres nouvelles (Folio n° 5018)

R. TAGORE — *La petite mariée* suivi de *Nuage et soleil* (Folio n° 4046)

J. TANIZAKI — *Le coupeur de roseaux* (Folio n° 3969)

Composition Nord Compo
Impression Novoprint
à Barcelone le 3 mars 2011
Dépôt légal : mars 2011
Premier dépôt légal dans la collection : avril 2005

ISBN 978-2-07-030771-5./Imprimé en Espagne.

183925